文库本

盗墓笔记

幻境

南派三叔 著

北京联合出版公司
Beijing United Publishing Co.,Lt

目录

CONTENTS

第一章

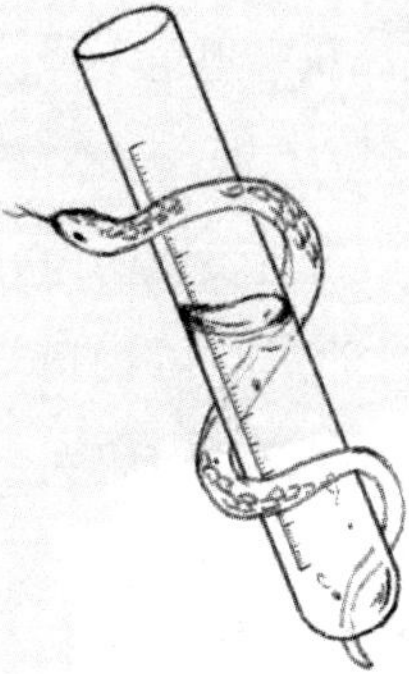

引子

YIN ZI

我找一个绝对安静的地方找了很久。

我的铺子不行，虽然顾客仍旧不多，但不管是王盟进来问问题，还是有伙计来批东西，一天总有几次干扰。我家里也不行，楼下汽车的声音会影响我看到的东西。

后来我在宝石山靠近黄龙的地方，找到了一个废弃的变电站，很小，在山顶上，有一条小土路可以到达。因为废弃了很久，路上已经全都是杂草，不是我这样偏执的人，还真很难找到它。

山顶的风景很好，可以俯视整个西湖和浙大玉泉校区。春天，有风吹过，你会觉得一切都是那么美好。如果雾霭能轻一点，阳光更暖更透一些，那么人的心情也会更好。

我不可能买下这间废弃的小房子，不过我可以借用。我搬了一个宜家的躺椅，放在窗前能晒到太阳的地方，还准备了一条小毯子和一筐碳酸饮料。喝太多饮料使我的骨密度下降，但是似乎只有它们能减轻我事后的痛苦。

我用两条手指粗的大铁链把入口的铁门牢牢锁住了。我不害怕有人爬进来，因为墙头上都是野草，野草中有锋利的玻璃片，中间还缠绕着生锈的铁丝网。

那些东西我随身带着，黑瞎子说这种生物毒素是强烈的致幻剂，人使用后看到的大部分信息都是幻觉，跟吃下云南某种蘑菇一样。那些信息是真实存在，还是由我脑内各种记忆碎片拼接起来的，无法被证实，需要对于毒素有抵抗力的人不停地尝试，然后再做判断。

我一般在下午一点左右来到这间小房子里，闻里面的霉味，等太阳把我晒暖和了，我就拿出细小的液体试管，将那东西滴入自己的鼻孔里。

最开始是灼烧鼻黏膜的痛感，接着我开始流鼻血，然后麻木从鼻子内部顺着整张脸爬行，一直爬到我的大脑里，脖子也开始麻痹了，最后身体的感觉消失，大脑里开始出现各种景象。

“诸位好汉，前面的寨子是黑彝山寨，那些毕摩[1]就住在山寨后边一个四面环山的山谷里。前往山谷的唯一通路被山寨遮掩住了，要见到那些毕摩，我们恐怕得先得到几个黑彝头领的信任。”我的面前有一个人在说话。

我在一艘船，不，应该是一个竹筏上，闷油瓶在我对面，靠在一堆行李上。周围有十来个人，面相都很奇特。

应该刚下过雨，空气中弥漫着川西南山区特有的雨气，巨大的江水从我们脚下流过，水是黄色的，充斥着泥沙。

这条江应该是金沙江，水流湍急，江两边的山体犹如悬崖，却又不似悬崖般光秃，山腰有参天大树，但沿河的部分寸草不生。

刚才说话的人抽着烟袋，继续说道：“我

---

1 毕摩的概念来自和菜头的一个故事，但在本文中，毕摩只是一个名字，真正的冒险在见过毕摩之后展开。

们这一次扮作草药商，记得下手要阔绰，绝对不要心疼一分一毫。这里民风还未开化，你们注意自己的举止，千万不要有任何的不敬。所有刀器埋到进寨的路上，武器进寨子里再重新添置，以免惹人怀疑。”

边上有个小个子，只有十七八岁，是一个彝族的小伙，他先用彝族方言说了一句话，然后解释道：“有人要动你们的时候，记得说这句话，或许可以保命。记得我们入寨只为了见毕摩问清楚那件事情，如果伤了我的族人，我也不会饶了你们。”

第二章

入谷

RU GU

彝族小伙刚说完，边上就有人冷笑着接腔：“你现在又装好人了？你砍伤你爹爹逃出寨子的时候，怎么就没想着下手轻点儿？”说话的人是坐在竹筏最边上的公子哥，他戴着眼镜，面无血色，身形纤瘦，穿白衬衫，胸口的口袋里插着一支钢笔，看上去像七八十年代典型的知识分子。我还注意到，他的右手中指和食指都非常长。

彝族小伙把手握到了自己刀上，冷冷地看着公子哥，公子哥也毫不示弱地与他对视。抽烟袋的吐了口烟，用烟袋头拨开彝族小伙按刀的手：“在竹筏上用刀解决不了问题。”

话音刚落，整个竹筏猛地震动了一下，似乎剐上了水底什么东西。一些行李被震得往水里滑去，这些人动作都非常快，伸手便将那些行李凌空抓住。有一只皮箱没被抓住，掉进了金沙江，立即顺水漂出去好远。就见一只花钩带着细链从人群中甩出，钩住箱子柄将其直接扯了回来。箱子稳稳落在竹筏中间，水溅了众人一脸。

“怎么推筏子的？”彝族小伙借事撒火，想骂撑船的人。

竹筏的顶头站着一个山一样的壮汉，他头也没回，只是淡淡道：“自己看水里。”

众人转头看金沙江，只见这里的江水变得犹如一条一条的缎带一般。有些“缎带”满是泥沙，呈现金黄色，有些是淡黄色，有些则清澈得犹如雪山泉水，整个江面好像一块镶嵌着各种宝石矿脉同时在流淌的巨大岩层。

“水底有泉眼,清水从水底的泉眼涌出来。”壮汉说道，“看看泉眼，里面有东西。”

众人趴到竹筏边上，惊讶地发现，水底涌上的清水把浑浊的金沙江劈开，水清澈得竟然可以让金沙江底的情况一览无余。泉眼很大，每一个都有水牛般大小，在水底形成一个一个巨大深邃的眼睛。一路看过去，水底竟然犹如蜂窝一般。

“这些泉眼通向哪里？”戴眼镜的公子哥问道。

壮汉说道：“当地人都说这些泉眼是无底洞，每隔几百年，逢金沙江大枯水，这些洞就会露出水面。当地人抛入牛羊、童女祭拜，祭品掉进去后一点声音都听不到。清朝的时候，有人用沙石填了一个月，也不见满。传说有人进去过，在绳子下到六十多米的时候，看到石壁上刻着恶鬼和黑经，于是不敢再往下走了。”

谈话间，我们竹筏之下的泉眼已经开始稀少，这段奇怪的区域似乎只集中在两三公里长的地带。

我看到公子哥已经开始观看四周的山势，他的眼神中出现异样的光彩，其他人脸上也都压抑着兴奋。

“水中有水涌出，水流湍急，这些泉眼肯定连通着山中的大湖或者地下河。”公子哥说道，“水流冰冷清澈，无色无味。”他低头掬水，喝了一口，补充道，“稍涩。”他掏出水壶灌了半壶，露出了一个狡狯的笑容。

队伍中飞花钩抓东西那位不以为意，往水里吐了口痰，说：“注意山腰。”

众人抬头，就看到山腰上开始出现大量架空而修的寨子，没看到人。但是，当我们通过寨子的瞬间，峡谷中的某处响起了悠长的牛角号。

“记住我说的。”彝族小伙冷冷地说道。牛角号声开始一站一站地往谷底传。

第三章

红蛇

HONG SHE

彝族小伙说完话，整个筏子上的人都安静了下来。人们手握各自的武器，将目光投向峡谷峭壁两边的吊脚楼，这些简易木石建筑居高临下，给峡谷中的我们造成了压迫感。悠扬的牛号角声逐渐沉闷，我们也知道我们进入峡谷的消息，已经不是一个秘密。

进入这片区域之后，河水流速变缓，水面也逐渐变宽，我发现峭壁之上长满了一种须根藤，它们盘绕在灌木和岩石表面，有些顺着反角的峭壁（就是峭壁的顶端比底端突出，像屋檐一样）挂下来，粗的犹如榕树的树枝，细的和根须差不多，中间还混着其他细小的寄生植物。

这就是古代少数民族用来制作藤甲的材料，用它编织的结绳非常牢固，当地人称呼其为蜈蚣藤。

很快我就看到了这种藤编织而成的藤

索——有成人手臂粗，横挂在峭壁半空之中，这是当地人几百年来通行峡谷唯一的桥梁。这里应该是大寨，我能看到远方还有三条高低不同的老藤索。

编织一条藤索并不容易，编三米就需要三个月时间。这里的每条藤索都是一层一层编织而成的，浸满牛油包上鼓皮，比铁索还结实。

所有人的目光都在不停地扫视藤索的两端，就连闷油瓶也睁开了眼睛，都是老江湖，知道此时的观察以后可以救命。

我趁此机会打量自己。

这是谁的记忆，我必须弄清楚。

我看到自己腰间有一把洋枪，是燧发枪，沉甸甸的，已经压满了火药和铅弹。我还看到自己的行李，是一只藤箱，箱子到膝盖高。看到靴子后，我意识到自己是个男人，那么这个箱子足够装下我全部的装备。

马靴的年头相当长了，也是洋款式，上面打着补丁，靴口被绑腿绑紧。我心说我该不会是个洋人吧，抬头看到大拇指上戴着一枚玛瑙扳指，手指缝隙发黑，浸满了某种油脂，看到手的颜色，我放下心来——还是个黄种人。手指缝的油脂应该和我的一些工作有关。手指长度很正常，这多少让我有点失望。

筏子行过第一条藤索，飞花钩的那个哥们儿就问：“多少步？”

“从进谷听到号角到第一条索桥，之间一共有两千四百步，第一条索桥有七百步。”戴眼镜的公子哥说道。

“这索桥怎么过？”

“挂滑梭。藤上全是油，猴子都站不住。”彝族小伙非常紧张，他往下压了压自己的盘头，“这第一道索叫作挂头索，一般不用，除非部落之间有战争，或者族内有人犯了重罪，被砍下的人头就会被挂在这道索上，进出谷内的人都能看见。如果咱们事情不成，大家挂头索上见。”

“这不吉利的，要不姑奶奶我晚上就来把

这条索给烧了。”人群中有一个女声说道。我循声望去，见一个短发女子穿着彝族的盛装坐在船尾。女子皮肤略黑，但是眼睛非常妖媚，年纪也不小了，估计得有三十七八，但仍旧是一脸小姑娘的表情，倒不是说不好看，只是熟透的女人带着天真的表情，看上去万分妖异。

她不是彝族人，五官是典型的汉人，这身行头应该是现穿上去的。我注意到她的手非常娇嫩，不像是个干粗活的人。

“死婊子，我裤裆里的索也滑溜着呢，今晚先烧我这条吧。”飞花钩的哥们儿哈哈大笑起来。女人丝毫不以为意，而是把脚往闷油瓶身上的刀匣子点去：“姑奶奶我喜欢刚冒芽的，你这条老枯藤留着给你妈烧吧。”

闷油瓶看了她一眼没理会，边上戴眼镜的公子哥就阴笑起来。忽然，我感觉那女人的手从背后伸进了我的裤裆里。“只要是刚冒芽的，几个都行，姑奶奶伺候得过来。这位小官人，你裤裆怎么是凉的，该不是姑奶奶几句话就泄了吧？”刚说完，那女人就惊呼一声，猛地把手抽了回来，大喊一声：“蛇！”

裤裆中有东西蠕动，顺着我的腰一路爬进了袖子，然后从袖子里爬出来，盘在我的手上，是一条血红色的小蛇。我第一次开口说话，听到了自己的声音：“别碰我。”

第四章

黑虎

HEI HU

往峡谷深处一路漂去，两边的吊脚寨子越来越多，不知何故，一路都没有看到一个人，只有沉闷的号角一路随行。我越来越觉得，整个山谷透出一股敌意，人好像全躲在窗户中窥视，不知暗中是否有各种弓弩已经对准了我们。

但这有些没道理，毕竟就算部落纷争也不至于紧张到这种地步，我们只有这么几个人，全寨戒备有些不符合常理。

又往前漂了一段时间，前方出现黑虎水关，巨大石头雕刻成的虎头堆在水底，高低错落，犹如暗礁。这段区域有一里多长，只有一条路线可以通过，需要当地人引导。这是为防止其他部落的船长驱直下、轻易到达寨子的核心区域而设置的。

水关之前有一处水寨，贴在峡谷的一边，能看到水下全是乱石，这些石头应该是从悬崖崩落堆在峡谷底部的。水寨拔出水面两米，吊脚柱卡在乱石中，有筏子在水寨下面停靠。水寨立在水中的木柱上挂满了藤筐——这里的特产，赶集的时候人们把这些藤筐运到市集和汉人交换火药和烟土。水寨前边有一块黑色的石头被雕刻成了一个可怕的虎头，一半在水下，一半在水上，这应该是当地黑彝特有的黑虎图腾，是用来震慑外来人的。

水寨往上，建筑物连通了沿山开凿的石阶和吊脚楼之间的暗道。整个寨子有四五十幢密集的吊脚楼，它们错落排列，依附在峭壁上。第二条藤索连通这个水寨和水寨对面山壁上同样密集的另一个建筑群。

仍旧没有看到任何人，那些日出而作、日落而息的山民去哪儿了呢？不可思议！

目力能及，我看到峡谷最深处有一个码头，那是整个寨子的核心。我们作为外来人，进寨子中心要获得当地人的引导，这水寨应该是作为检查站使用的。撑筏子的大汉把筏子靠近，然后停了下来，但没有示意我们下筏子。

彝族小伙和所有人交换了一下眼神后，开始用当地话向水寨喊话。我听不懂他喊的是什么，大体是有商人进来收草药之类的。

喊了片刻，却没有得到任何回应，整个水寨非常安静。

“怎么回事？”公子哥轻声道，“人都到哪儿去了？你们寨子平日里也这样？”

此时彝族小伙开始意识到不对，他看了看四周，又用当地方言喊了几句。

号角声还在继续，然而除了这个声音，我们还是没有获得任何回应。彝族小伙说：“不可能啊，这个水寨住着百来号人，而且号还在吹呢，人去哪儿了？”

众人面面相觑，抽旱烟的“啧”了一声，显然这样的情况他也没有想到。

“爪子，你跟阿萨上去看看。”抽旱烟的吩咐道。飞花钩的人应了一声，几下蹿到水寨下。抽旱烟的又对阿萨说：“如果你给我搞鬼的话，我外面的兄弟会铲平你的寨子。”

彝族小伙冷笑了一声，跟爪子一起翻上寨子。爪子吐了一口痰，又叫了几声仍旧不见有回应，便从窗户翻进了吊脚楼内。

抽旱烟的回头对撑筏子的壮汉使了个眼色，壮汉逆水而划，把筏子缓缓地往后撑去，和这个水寨保持了一段距离。接着，他轻声说："凤凰，你和大张哥还有蛇祖下水摸进去。这寨子情况不对，不能相信那小子。你们先去埋伏起来，我们在船上太被动。"

就见那女的"啧"了一声："讨厌。"她是凤凰。一边的闷油瓶已经翻起自己的行李，拿出一个类似救生衣的东西，不知道是不是传说中的水靠。看来闷油瓶就是大张哥了。蛇祖，是我？

我们继续逆水远离水寨。那女的竟然几下脱得只剩一身贴身的短打，她悄悄翻入水中，单手把着筏子边。接着，我也动了起来，我把藤箱打开，里面盘了一条黑青色的大蛇，有手臂粗细，我把大蛇往水里慢慢放下。接着我脱下外衣，背上水靠，也沉入了水中。几乎是同时，闷油瓶也翻了下来。大蛇在水中扭动身躯，绕到了我的身上。

蛇祖，看来是我的外号。

下水后我才发现我贴身带着很多东西，入水的瞬间，它们就都动了起来，开始离开我的身体。

那是蛇，很多，有大有小，五颜六色，从我的水靠中钻了出来，盘绕着我游动。水流湍急，它们力气不够，无法都盘到我的身上。

“到时候鬼哨子联系。”旱烟吩咐道。我们三个人同时松开手，潜入水里顺流而下。

瞬间我身上的蛇全部松开，在我身边和我一起顺流游动，它们惊人地听话。

水流很急，瞬间我们已经过了水寨，前面就是黑虎水关。水靠是黑色的，人们从水面上很难发现我们在水下潜行。前面的凤凰没有带水靠，我们潜在非常深的地方，这里的水比较浑浊，视线模糊，只看到她的大白腿几乎赤裸地在水中穿行。

闷油瓶紧随其后，我意识到凤凰水性极好，过黑虎水关必须跟紧她，否则在这么快的水流中很容易被石雕撞到。

我们一路在水下飞转腾挪，水下各种奇形怪状的黑虎石雕横七竖八地躺着。有些石雕的棱角已经被水流冲成圆形，有些石雕则棱角耸立，显然是最近才沉入水底的。几处激流处，如果被棱角剐上，人直接就被开膛破肚了，十分危险。

我们很快就通过了黑虎水关，水深了起来，我发现水下的峡谷两边竟然隐约也能看到一些吊脚楼，显然以前这里的水位没有现在高。经年水位上涨，很多石道和吊脚楼被淹没在了峡谷江流之下。

这真是奇妙的景色，石道和石头阶梯往水底延伸下去，感觉可以这么走入峡谷江水最深处。

再往前，我们气息已经不够，凤凰以最快

的速度接近水面换气，然后再次下潜，我们全部按照这个动作向她学，但同样的动作我做了四次才把气换够。

再往前水流逐渐变缓，水面也开始变窄，前方的凤凰逐渐慢了下来，她朝峡谷的一边靠去，那里的峭壁衔接水面的地方有几处石皱。凤凰抓住山岩的缝隙浮出了水面，靠在石皱之内。

我和闷油瓶也浮了上去，三个人挤在一起，先喘气定神。

“你的蛇收好，离姑奶奶远点。”凤凰对我道，似乎心有余悸。

她几近全裸，因为体力消耗，浑身泛着潮红。我冷冷地说道：“它们对你没兴趣。”说完去看四周的山势地形。

一边的码头就在我们五百米远处。闷油瓶此时已经喘定了气，开始往上攀爬。

我们头顶有一排吊脚楼，大概六幢，能看到楼底离我们有六七米的距离。悬崖上长满了藤蔓，勉强可以攀爬。

我也不甘示弱，几步踩上石壁，水中的蛇开始回到我的身上。凤凰恶心地看着我，完全不敢靠近。我抬头看向闷油瓶，他已经快速移动到了吊脚楼的下方。我跟了上去。

我看不清他的脸，就如在梦境中一样，当我想仔细看清楚每个细节的时候，反而什么都看不清楚。这一瞬间，我竟然对这个人有了一种陌生的感觉。

是因为太久没见了吗？

他没有理会我，我“附身”的这个人，对于他毫无意义，这种漠视我无比地熟悉。

凤凰跟在后面，催促我们快点。我静下来，仔细去听楼板上的声音，看看这幢楼中是否有人。

没有任何声音！还没等我有所反应，闷油瓶就用他的两根手指缓缓地把固定在楼板上的木楔子拔了出来。

第五章

裸女

LUO NÜ

闷油瓶一共拔出了八个木楔子，然后把两块木底板往上一顶，一个勉强可以过人的缝隙露了出来。后来我查了资料才知道，如果不是他这么做，我们最安全隐蔽的方式是从厕所的粪孔爬上去。闷油瓶探头进去之前，先将一只哨子放在了自己的舌头下面，然后爬进了吊脚楼内。不久，我就听到了一连串类似“咯咯咯咯”的声音。

我不懂这种哨音，只觉得听上去很像木头房子自然发出的木板挤压声。但是我从蛇祖的行为上判断出了，这声音应该是“安全”的意思。

为了叙述方便，我得先解释一下这种鬼哨。用哨子沟通的方式，在世界各地都有，从岛与岛之间的通信，到“二战”时期盟军使用的密语的变种，世界上的哨语多种多样，但是唯独中国的鬼哨至今没有被人破译出来。

究其原因，一来是使用鬼哨沟通的人非常

少，二来鬼哨的语言经常变化。这种本身就在小团体内传播的哨语，很难用统一的研究去解密。

为什么称其为鬼哨子，有几种说法，有人说是因为最初盗墓贼在荒野坟堆中使用这种哨子，让人误以为这是鬼在嚎叫。也有人说是因为这种哨声可以迷惑僵尸。

鬼哨的发音非常多样化，舌头敏捷的人可以利用鬼哨模仿几十种声音，用在不同的场合，在草野模仿虫鸣，在山中模仿鸟叫。刚才闷油瓶进入木结构的吊脚楼内，就立即用鬼哨模仿了房屋里木板挤压的动静。

我想起在七星鲁王宫中，闷油瓶和血尸沟通的那一幕，也许就是利用鬼哨声与尸体脑里尸鳖的共鸣，来试探是否有鳖王寄生在尸体里。

为让故事连贯，下面就不做这么复杂的解释了，任何鬼哨的沟通，会直接用语言描述出来。

我也探头爬到吊脚楼之内，发现这是一处

住家，大量编织藤筐的材料堆在角落，一些编织到一半的藤筐散乱放着，屋子的中间摆着炭炉，编好的藤筐放在上头烘烤，为的是把多余的水分烤出来。房间里头还有大量的蒲草和破旧的竹制用具，也不知道是用来做什么的。

一边有一道木楼梯通往二楼，靠峡谷的方向门窗都关着，窗口有很多的腊肉。

这是普通彝族人的生活状态，不客气地说这也算是富裕之家。从腊肉来看，这家的男主人正在壮年，而且应该是猎人，这样的人在寨子里是有些地位的。

就这么片刻，这些经常出入这种场合的人已经开始除去身上湿透的衣物，没有丝毫的犹豫，行动力极强。

凤凰身材火辣，虽说不是年轻姑娘了，但是皮肤之白、条子之顺，给人一种原始的肉欲感。但是，我能明显感觉到蛇祖的注意力一点也没有被分散，几个人似乎没有性别之分，他们就这么把水靠脱掉，从水靠的内层扯出薄而贴身的短裤换上，上身赤裸着将水靠收起挂在腰部扣好。蛇祖的蛇自然全部盘回到蛇祖身上，一些在水靠内，一些露在外边，花花绿绿的，看上去像文身一样。

一条手腕粗细的黑青色大蛇，慢慢就盘上大梁，看不见了踪影。

凤凰没有水靠，显然也没有带替换衣物，她脱去全部的湿衣之后，全裸着往楼上走去。我倒也不担心，以她的身材，全裸着出现在任何男人女人面前，都不会立即有危险。闷油瓶整顿完毕，便在楼梯口蹲下，如果上头的凤凰有变，鬼哨一响，我们可以立即前去支援。

此时的闷油瓶，没有武器，这让我觉得更加陌生了一些。

这个人的身手和状态，是如此陌生，也许是因为隔着一层幻觉，我感觉有些失真，但是我也怀疑，这也许就是他最初的样子。

我们结识之初，他这种苍白和游离人世的状态，也是如此鲜明。然而当时我是一只菜鸟，对于任何东西，我都有着旺盛的好奇心，这种苍白和游离对于我来说也是新奇的。而如今，我已经和以前大不相同，不是说我追上了他的脚步，他生活在我无法理解的世界里，我永生也无法和他并肩做任何的事情；而是我对于事物的感受更加从容，从最开始对古墓的极端恐惧让我无法注意到人本身的奇怪，到现在我已经可以从容地观察周围的一切。

他本身的奇怪之处，变得更加明显。

确实如我很多时候臆想的那样，最初的他，是这个样子的，而最终的他，终归还是有了一些改变。这些改变，是我们给予的，这对我无疑是一种鼓舞。

只是这些改变的代价太大了。

凤凰的鬼哨响了几声,示意安全。我们上去，就见二楼是一处卧室，木床在角落中，家具就是几只藤编的箱子。卧室的房间小得多，窗仍旧关着。凤凰已经开了一只箱子，从里面拿出一件彝族布衣穿上了。衣服不是很合身，有些小，袖子和裤腿都短了一截，但更显得凤凰身材窈窕。

一边的墙壁上挂着三把铳，我上去看了看，保养得很好，看得出猎手是个细心的人。

卧室收拾得干干净净，没有任何打斗或者被劫持的痕迹。

“奇了怪了，”凤凰对我们道，“屋子里的人像是自己走开了。”

“窗户都关上了。”闷油瓶也找出一件布衣给自己套上，并从床下扯出一把彝刀，“走开不用关窗。”

“也对。”凤凰来到窗边，窗是用藤编的一个方的匾，用树枝撑住才算是开窗，她拨开一点，往外瞧了瞧，“对面楼群所有的窗户也都关着，确实不是偶然。”

“散开看看。”闷油瓶用布裹住彝刀，将其折成两段。彝刀的长度太长了，显然他不喜欢。他把刀头丢入床下，把断刀反手插入水靠——卷起来的水靠很像一只刀鞘。

此时，我忽然意识到，我现在是这个小团队里说话最少的人。

这多少有点尴尬，我从来没想过，我会截取比闷油瓶还话少的一个人的记忆。我还感觉有些憋屈，恐怕我的腹诽会到空前膨胀的地步。

峡谷中又传来了一声沉闷的号角声。

我开始寻找出屋的路，一边的闷油瓶靠在窗户一边，撑开窗户，用极其尖厉的哨声对着峡谷中的溪流发出了一连串鸟鸣，意思是我们已经安全到达了。

几分钟后，回音传来，声音已经非常轻微了：“爪子和阿萨没回来，寨子有诈，分头行事。”

第六章

空寨【上】

KONG ZHAI

记忆中那水寨也像这里一样门窗紧闭，莫不是里面有什么埋伏，把爪子和阿萨给擒住了，又或许阿萨其实是个安在寨外的幌子，专骗我们这种有所图谋的外地人？

不过这寨子里起码有小一万人，是个罕见的大寨子，对付我们这十来个人——虽说个个都是高手，但也不用如此兴师动众。他们出动十几个筏子，弩箭火枪一举，我们都得投降。我们这批人耳力都极好，进入这楼里起码也有十几分钟了，什么声音都没有听到。我有一种直觉，这寨子里，一个人也没有。

那么爪子和阿萨为什么没回来？我觉得事情更加蹊跷了。

鬼哨传音几个来回后，闷油瓶就偏耳去听那号角的声音，这是寨子里唯一的动静，那总不是风吹的，多半还是有人在作怪。

我找到了屋子通往外面的路。吊脚楼的门

一般开在屋后，贴着崖壁，有小道往上通往其他吊脚楼，因为楼往往和悬崖贴得很近，加之楼又密集，所以这些小道很隐蔽，很难被发现。这座楼更是如此，小道口子开在楼角，卡着几捆稻草。稻草半开，露出一道木门，外面就是悬崖，小道只有半米来宽。

最近的号角声来自我们这一边，在靠近悬崖顶部的一个角楼里，那里不是人住的，吊脚楼高不到那种地步，那是一个瞭望哨子。我们一路往上，需要通过整个悬崖建筑群，顺着小道往上走三十几米才能到达。

“我去。”闷油瓶说道，“你们散开。”说着转身第一个出去，一上路就没影了。

凤凰跟着出去，走另一条岔路去了另一幢楼里，不久传来了“空楼”的哨音。她吹得远没有闷油瓶那么神似，但是普通人应该发现不了这是哨子响。我也爬出去，选了跟凤凰相反的方向，来到了另一幢楼的门口。

彝族民风淳朴，夜不闭户，门一推就开，

进去之后发现这也是一户住家，屋里阴暗局促，摸了一圈，同样没人。我用哨子传音后开始仔细打量四周。这屋子是二楼的卧室，没有大床，四五张地床围着炭炉，有点像客栈。

来彝族寨子做生意的人很多，有些人会住在这种楼里。有的彝族人不干活，而是把自己的房间空出来，给这些生意人住，赚取生活费。

这个“客栈”里堆满了东西，通过辨别发现，这里的五张地床有三张是有客人住的。第一张床附近都是藤编的小东西，刚才我在一楼也看到不少，看来这客人是个藤具商人，他在挨家挨户购买藤具。好的藤具需要非常好的材料和恰当的桐油烘干火候。这个商人是做高档货的，需要在寨子里一家一家去找。

隔着一张空床，是两张挨在一起的地床，这两个客人也许是一起的，也许不是。他们床边的东西不多，都是一只一只瓦罐。

早听说彝族这边的寨子里有卖蜈蚣的，看来他们是虫药商人。

虫药特别是很多入药活虫，无法在悬崖上加工，需要人们把活虫带到附近的河滩小镇，所以这些药非常昂贵。有一种叫金翅蜈蚣的蜈蚣，其实是用两种虫子拼起来的假货，宣扬可以百分之百治疗风湿，价格和黄金差不多。这些虫药商人就在寨子里把假虫做好晒干。总之，这些人几乎常年在寨子里生活。

有商人出没，说明这个寨子非常开放了，贸易已经通得很好。凤凰用哨音问我蛇在哪儿，如果我没收好，她看到了会一刀砍死。我刚把手伸出去准备拿床边的一只瓦罐，突然，我腰上的一条小蛇猛地一动。

我心中一惊，立即把手停住，惊蛇对环境十分敏感，惊蛇悸动，代表这瓦罐之中有让它不舒服的东西。

第七章

空寨【下】

KONG ZHAI

我身上盘着好几种蛇，惊蛇是胆子最小的一种，毒液有致哑的功效。这种蛇对环境中的任何变化都是警惕的，见风就跑，非常难捕捉和驯养。

不知道它从这瓦罐里感觉到了什么，但是这种提醒我不得不重视。不过，这种蛇过于胆小，如果万事听它的，那晚上起夜都是不行的。

我小心翼翼地端起那只瓦罐，把它放到地板上宽敞的地方。此时，腰部的惊蛇反应更大，它已经缩进了我的水靠里。

我轻微地摩擦了几下牙齿，蛇听觉很迟钝，但对骨骼的震动非常敏感。戏蛇的人可以用自己牙齿撞击形成的震动指挥身上的蛇，这也是玩蛇的人比较难以防范的原因，你无法知道他是什么时候发动的。遇到跑江湖的戏蛇人，要小心他身上的小动作，通过下颌、虎口都可以形成轻微的骨骼震动，给隐藏的蛇下指令。

这也是蛇必须贴身藏着的原因。

随着我牙齿的摩擦，腰间一条绿色的、有点半透明的蛇飞落下来，爬到了瓦罐前面。我从旁边的藤筐里抽出一根藤条，用藤条把瓦罐的盖子翻开。

惊蛇在我腰间一紧，同时我看到瓦罐内有一团类似鸟绒的奇怪东西。

我不认得那是什么，但是蛇祖明显大惊失色起来，身子瞬间退到靠窗的地方，牙齿一咬，更多绿蛇从腰间飞落，将这瓦罐团团围住。我翻开窗板，舌头下翻出哨子，连吹了三四次急促的哨声。

这是非常严重的警告。听到回应后，我一手敲击地板，一手把藤条抽向那瓦罐。几乎就是瞬间，那团鸟绒中爬出来一只五彩斑斓的奇怪虫子。

这东西长得像蜈蚣，尤其是下身，不过比蜈蚣的细一些。它前面的腿非常长，可以在身体两边展开。虫子身体的每一截颜色都不一样，而且这颜色艳丽得就好像饱和度被调爆了。

自然界还有这么张扬的虫子，我还在惊讶中，就看到那虫子立起了上半身，上半身的长脚全部张开，像孔雀开屏一样，竟然有蒲扇那么大。

在那一刻，我有一种浑身发软的感觉，这虫子不是人间的生物，它肯定是从地狱中来的。

因为作为一种虫，它太自信了，这种藐视其他生物的姿态，已经不是虫子可以具备的了，只有高级生物才有。

它一定是感觉到了四周绿蛇的威胁，然后做出了自己的反应。四周的绿蛇立即被这气势刺激得全部仰起了头。

我原以为瓦罐里的虫子能被这几条绿蛇控制住。这绿蛇是信蛇，速度最快，是能够跃起咬住飞虫的毒蛇。但是如今一看这虫子这么大，一场恶战免不了了。

蛇祖似乎知道这是什么虫，他丝毫不敢靠近，而是从腰间水靠的内袋中掏出一小瓶类似酒的东西，开始不停地摇动。

幻觉中的我意识到，我将要看到一场千古难得的戏蛇大戏。这个蛇祖，不是人的名字，而是中国一个神秘的职业。

第八章

戏蛇【上】

XI SHE

我没有确实的资料，但是我知道自古就有蛇农的传说，特别是在汉人关于苗、瑶两族的传说里，蛇农的传说尤其多，很多武侠小说里也有南疆丛林五毒教之类的情节。

蛇农是捕蛇驯蛇之人，大部分蛇农以贩卖蛇药为生，即解蛇咬之毒的药。传说中蛇药需要用蛇本身制作，所以蛇农长期在山里抓蛇。其实这是错误的，蛇农抓蛇很多时候是为了卖蛇毒给中原的药商。蛇药大多是草药，和蛇本身没关系，只是每个蛇农都有不便透露的秘传配方，而且配蛇药的草药多长在深山内。

蛇农、虫农和草药农是少数民族里三个非常神秘的职业，那并不是他们故作神秘，而是因为这些人常年在深山活动，本身行踪就飘忽不定。

蛇祖是蛇农的高级进阶，这些人除了取蛇毒、养蛇之外，还可以用蛇做很多的事情。早先，他们戏蛇卖艺，后因南疆一直冲突不断，他们成了跑江湖的奇人异士。因为对于蛇有几十代的知识积累，这些人可以用蛇轻而易举地做暗杀搏斗之类的事情。在南疆各少数民族里，蛇也和各种巫术、蛊术有关系，蛇祖的身份定位经常和巫师有所重叠，所以他们也就更加神秘莫测了。

但是我从未想到戏蛇可以戏到这种地步，我觉得早先这些少数民族的蛇农没有这种阴毒隐蔽的手段。这驱使蛇的手法无一不透着明清两代江湖黑帮的特征。当年，南疆混乱，中原黑帮和当地豪强厮杀了几百年，这些手法都是被各种暗算厮杀逼出来的。

且看四条绿信蛇围着瓦罐中的五彩斑斓虫子，不停地昂起头做着威胁的动作，无奈这虫子张开前爪之后，看着实在太吓人了。那五彩斑斓的程度，着实让人毛骨悚然。

绿信蛇不仅动作快，而且胆子很大，绝对不会怯敌，所以人们一般将其藏于袖口或者裤管之中，抬手脚将信蛇射出，蛇咬住对方咽喉的速度可以和箭一样快。训练得最好的信蛇甚至可以根据发出的指令，决定是要杀死对方还是钻入对方衣内，还可以定时而动，是险招中的奇招。

信蛇奇毒无比，不过看这毒虫的颜色，恐怕它也不太会畏惧蛇毒。

我有信心用信蛇困住虫子，从而自己可以下楼，但是驯蛇不易，蛇是不能轻易舍弃的。

我停止摇晃那小瓶，然后把瓶盖打开，一股浓郁的酒香扑鼻而来。这是一种特制的药酒，能闻到非常明显的草药味道。

我把酒晃匀了，往那虫子的方向洒去，然后改变敲击地板的节奏，信蛇立即围绕着瓦罐以圆形轨迹爬起来。蛇身好比一支笔一样，沾上酒液在地板上画圈。很快，药酒形成的一个圆圈，把瓦罐完全包围住。

我从水靠中拿出打火石，然后敲击地板，四条信蛇飞一样地回到我身上。几乎是同时，我打起打火石，点燃了药酒圈子。

第九章

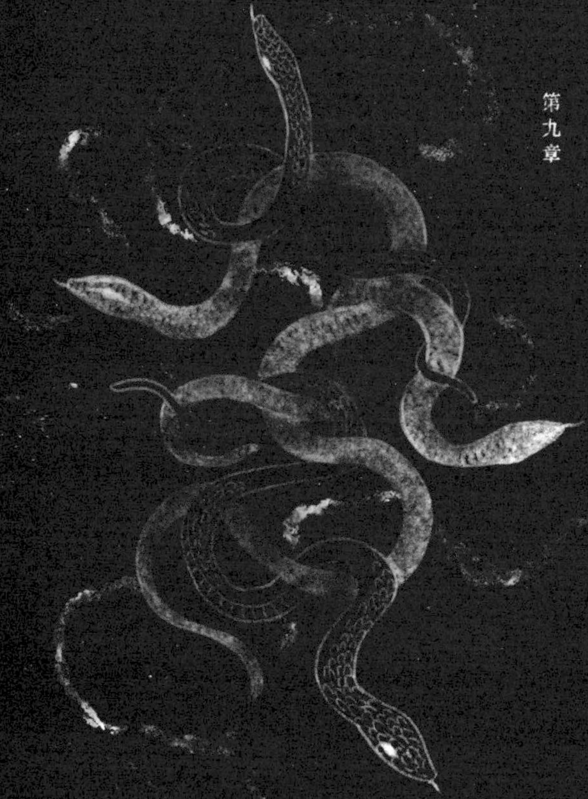

戏蛇【下】

XI SHE

昆虫作为低等动物，因为其自愈能力远不如高等动物，即使是体表创伤也很容易死亡，所以昆虫对火是非常惧怕的。

火圈燃起来之后，我稍微放下心来，从水靠中拿出一片奇怪的叶子，给自己嚼上，这应该是一种作用类似槟榔的食物，用来镇定心神。我再掏出一瓶药酒，晃动着就往那怪虫身上洒去。

四周温度的上升让怪虫十分紧张，它不停地扭动身躯。我把还剩一些酒的瓶子在火圈中引燃，然后往瓦罐上砸去，瓶子粉碎，里面的剩酒瞬间引燃了里面的“鸟绒”，顿时响起了吱吱声，不知道是虫叫还是被火烤的声音，虫子第一次从瓦罐里翻了出来。

虫子的下身细长，爪子力气很大，身上着火后开始在地上打滚，就像一只龙虾一样。我冷冷看着，毫无怜悯之心，这种妖物还是早些死掉好。

没等我喘定气，就在虫子的长脚开始被火烧得弯曲焦化时，它忽的一下凌空跳了起来，最起码跳得有一人多高，跳出了火圈。

我吓了一跳，立即后退，那虫子瞬间狂奔起来，冒着火一路朝我爬来。因为没穿鞋，我的恐惧更深了几分，好似龙虾一样的巨大蜈蚣朝你的脚趾咬过来，就算被蹭到也是极恶心的。我猛地跃起，腰间的信蛇瞬间感觉到了我的危险，它们全从腰部射出。

这一次直接就是短兵相接，信蛇落地之后蛇头如弹簧一样瞬间刺出，它们咬住那虫子的身体后马上盘绕上去，将虫子团团困住。

蛇身上全是药酒，一下四五条蛇都烧了起来，我落地后猛敲击墙壁，让蛇撤退回来。我把嚼烂的叶子抹在蛇身上，把火弄灭。

蛇少了一条！回头看，有一条信蛇被那虫子锋利异常的爪子死死钳住，全身都已被撕烂，体液四溅，压灭了虫子身上的火。蛇的内脏都缠绕在它身上了，呈泥浆状态，泛着奇怪的黑色。

这虫子有腐蚀性的剧毒，竟然比信蛇的毒性更大，要是用手抓，手直接就报废了。

这边的虫商既然来抓这种虫子，那应该有专门的器械。我四处去看，瞬间意识到那藤具商人也许是虫商一伙的，俗话说哪儿来的妖怪哪儿就有克星，这些虫子如果是在这山里被发现的，那这些藤蔓也许能克住它。

我于是跳进火圈再从对面跳出，扯出了一只藤筐。

那虫子已经爬上墙壁，正顺着房顶的房梁爬，有几只长脚已经在往顶上的茅草里钻，这要是被它跑了，后患无穷。我一挥手，信蛇飞上房梁将虫子围住。我把藤筐咬在嘴里，一下跳起，单手勾上房梁，整个人借力就翻了上去，然后毫不迟疑把藤筐猛拍了过去。

那虫子已经被烧得不成样子，仰起的上半身再也没有了那种令人恐惧的鲜艳。它被我一藤筐直接扣在里面，藤筐有缝隙，一下无数的脚从缝隙中刺了出来，但被死死卡住。

我立即松手免得被刺到，藤筐瞬间掉下去，落进下面的火圈之中。那虫子浑身扭动，力量极大，使藤筐整个扭动了起来，但似乎它的足上有倒刺，加之藤条韧性极强，它的腿都断了也没挣脱出来。

我正想下去给它最后一击，却忽地发现房顶的茅草堆中，似乎有些奇怪的东西。我记得刚才那虫正要爬向那里。

第十章

虫茧

CHONG JIAN

我仔细去看，只见茅草之间多为棉絮一样的东西，看着很像瓦罐之中裹着虫子的“绒毛”。

我心中警觉，屈身拨开那些茅草，立即看到一只发黑的小拇指卡在这些“绒毛”之中。我用力扯了几下，茅草一下坍塌出一个大洞，两颗几乎粘在一起的人头从里面滚了出来。因为被似乎是丝茧的东西缠绕着，人头挂在了半空。

一起掉出来的不光是两个脑袋，还有很多的烂肉和肋骨。这些东西都已经融化，之后又粘在了一起，它们中间全都是棉絮鸟绒一般的东西。

这些东西掉落的同时，我立即退后了一步，以防里面有虫子跑出来，结果却没有，除了半融化的人的尸体，里面似乎没有活物。

瞬间，我想到了很多先前发生的事情，顿时吸了口凉气，暗叫不好。

两颗人头一看就是寨子中的居民，活人竟然可以被咬碎后全部“织”到房顶里去，这一定就是那虫子的习性，而且还不是一只两只能做到的。

那虫子数量还不少，如此看来，这寨子里是闹了虫灾。

这里的居民不是死了，就是逃离出去了。

那么，寨子里肯定有很多这样的毒虫隐藏在各个角落。

我翻身下梁，那虫子仍旧没有从藤筐中挣脱出来，但是我不敢再用火去烧，怕这虫子断腿保命，以它的行动力，就算没腿也是极麻烦的。我翻起一边的床板，对着藤筐就是猛地一拍，接着上去踩住床板直到下面虫子被压碎的嘎巴声不再传来。

窗外传来了闷油瓶的哨声，他已经快到那个哨站，不便折返。凤凰的哨音就在房子外面响了起来，她已经到了。

我继续压踩床板，一边用哨音告诉他们情

况，哨子无法传达那么复杂的信息，所以我只能大概告诉他们，寨子里有剧毒的虫子，要千万小心。

凤凰进来看到从房顶上挂下来的人头，就傻眼了。

我心中分析，人被虫子毒死之后，尸体的肌肉骨骼可能会逐渐软化。虫子把软化的尸体咬碎后拖到房顶，用丝线粘起来，然后把四周的茅草粘回去，伪装起来。

虫子虽然很大，但是两个成年人要全部被咬碎，也需要相当长的时间，这里这么干净，显然做这种事的虫子不止两三只，可能有一群。

我完全没有解释，但凤凰看到了之后，应该就全明白了，这些人这点分析能力还是有的。

如果是这样，那之前进入水寨之内的爪子他们，可能凶多吉少了。

“这狗日的是什么虫子？你把腿挪开让姑奶奶看看。”凤凰说道。

我踢开床板，底下那虫子已经被压碎了，

但还是一眼就能看出它的不一般来。

“我的妈呀。”凤凰露出了难以置信的表情，她从怀中掏出一本东西来，问我道，“小鬼，你懂不懂洋文？你看看这个。”

“大字都不认识，还懂洋文？”我看到那是一沓莎草纸，用夹子夹在一起，上面全是洋文，“这是什么？”

“我刚在另一个屋里找到的，那屋子里应该住着几个洋人，东西还在，衣服都是洋人的款式，但是人不见了。”

“寨子里有洋人？”这倒也不奇怪，香格里拉的探险活动很频繁，不过如果有洋人遇害，那这事情最好就不要参与，否则麻烦无穷。

我接过这沓纸，一下就看到，纸上第一页就是这虫子的素描草图。

第十一章

洋人

YANG REN

蛇祖看不懂英文，但是我看得懂，可惜在这种幻觉中我无法摄取精细的细节，只能依稀看到莎草纸上写着“岩石”的英文，这个单词写得很大而且被加粗了。

这可以有多种解读，一种是这些虫子可能和某种岩石有关，也有可能这单词只是一个人名，因为我知道在这一带的整个探险史中，有一个叫作洛克（Rock，意即岩石）的人非常出名，他完成了西方对中国这片神秘区域的初步探索。

后面几页有大量这种虫子的素描草图，包括某些部位的特写。

有洋人介入，事情就变得很复杂。和俄罗斯人不同，美国人和英国人不去敦煌和黑水河，他们来到这种穷乡僻壤，往往有着比追求财宝更加高端的追求，比如说探索未知世界带来的巨大荣誉和地位，这其中就有对于新物种的渴求。毕竟进入连汉族人都不甚了解的中国南疆区域，获得新物种的可能性会大上很多。

不过，这种虫子也太可怕了，别说见过，就连相似的都没听说过。南疆毒虫遍地，诡事极多，很多深山部落寨子都有极其神秘的风俗，但是，历代传说中从未出现过这样的毒虫，如今突然出现不符合常理。

这种虫子在这个寨子里出现，使得寨子里的人死的死，逃的逃，也表明这种虫子出现是一个非常突然的事件，不知道和外国人在这里出现有没有关系。

凤凰和蛇祖交换了一下眼色，虽然两个人不合，但此时江湖经验得出的结论是一致的。

寨子里危机四伏，情况变化巨大，此时不应该再进行任何的活动，最好的方式是离开这里。看天色离天黑尚早，两个人出了楼外，找到一处裸露的山岩休息，然后凤凰就吹出了撤退的长哨。

这长哨吹出之后，久不见回应。凤凰“呸”了一声，解开了自己领口的扣子，露出了半抹胸部，里面已经全是香汗。她愤愤道："那抽旱烟的铁筷子定是觉得这么回去他在主顾那边交不了差，才不回应我们，老娘可不会为了这几个钱送命，等那大张哥回来，我们三个可得一个鼻孔出气，要么咱就撤，定钱不退，要么就得给咱们加钱。"

我听着大张哥就觉得别扭，心说张起灵同学你的外号能再土点吗？"闷油瓶"也算是雅俗共赏，想不到你曾经还有一个更乡土的名字。大张哥，干脆叫你张鱼哥得了。

"未必如你所愿。我一路听铁筷子和他那个撑船的亲信有一些耳语，用的是他们当地的话，我走马帮的时候和很多人搭过班，略能听懂一些。他们这趟夹了我们进来，要找这里的毕摩，似乎就是受洋人所托，找洋人在这边失踪的同伴。"

"又是洋人？"

"这寨子再往里走，就是南疆腹地，只有少数人才进去过的巨大莽林子，山连着山，没有路没有人，到处是峭壁、毒虫。这几年有很多洋人想往里面去，花了不少钱，死了很多人，不知道要找什么。最后一个探险队就是从这个寨子出发的，是这里的一个毕摩当向导带他们进去的，结果洋人一个没回来，只有那个毕摩出来了。毕摩出来之后，这个寨子的人不让任何人见他。洋人找抽烟的带人进来，想探探探险队到底发生了什么。”蛇祖说道，“咱们和铁筷子一说有洋人的东西和虫子的情况，正中他们下怀，他们更得探个究竟。”

话音刚落，远端传来了回应的哨音：全船人全部下水，让我们待着别动，他们立即会与我们会合。

第十二章

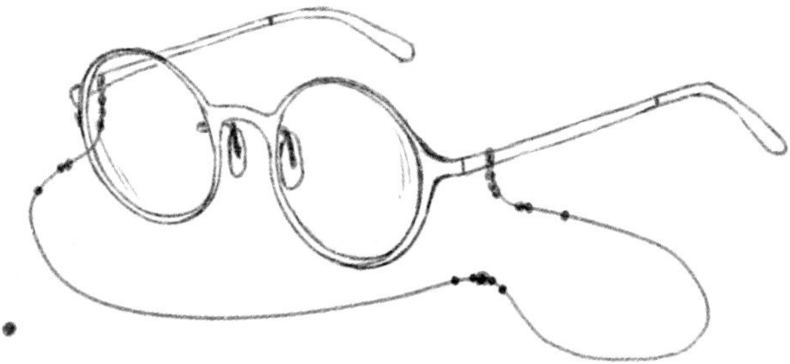

师爷

SHI YE

我们回到原来的楼里，从木板下到悬崖，一路爬到贴近水面的地方。水面激流声大，任何的声音提示都听不清楚，怕这些人漂过头，凤凰用弹弓往上游射出了几团“腌子”。

“腌子”是用酒糟和一种草料做的丸子，里面是铁珠子，掉进溪流里立即沉入底部，同时散发出一股非常奇怪的恶臭。在水中的人一闻到这股味道就知道目的地将近，会立即靠过去。虽然激流很猛，但是这种“腌子”的味道可以在水流中大量扩散并好几个小时不减淡。

凤凰问：“你说这几年洋人都往这寨子后头的深山老林走，他们到底在找什么啊？这后头能有什么东西？”

这个寨子后面的巨大原始丛林区域，其实就是中国和某国的交界处，这片区域自古就没有多少机会被人类涉足，敢进入其中的，只有四周寨子的毕摩。据说沿着毕摩祖传下来的一些小路，可以安全地进到七天左右路程的地方。再往里走，其深度还可以让你走上半年时间。山峦叠嶂，草木莽深，毒虫瘴气，泥沼猛兽，你对于中国南方热带雨林的所有想象都可以在这里被满足。

我们能知道的，只有来自某些误入其中的人的非常片段的口传，除了神话传说，这里没有任何的人文历史资料可以被人分析。

蛇祖摇头：“不晓得，但是必然和那种虫子有关，抽旱烟的懂洋文，不知道他会不会告诉我们实话。”

以这种虫子的大小和凶悍程度，可以把人当成食物撕成这样，不可能是在森林里普遍存在的，否则食物链早就崩溃了，有可能是某个区域的特殊物种，或者来历更加复杂。

不一会儿水中冒出了一个个黑色的水靠，抽旱烟的铁筷子等人全部漂了过来。凤凰吹起哨子，他们靠到我们身边，全部爬上峭壁。

“大张哥呢？”铁筷子问。

凤凰指了指上头，铁筷子就皱了皱眉头。

人一多，人的胆子就有些大起来，我们带着那些人回到头顶的楼内，所有人收起水靠，我忽然就抬头看茅草顶，心说这茅草的顶部是否也会有人的碎尸在里面。

几乎是同时，我看到抽旱烟的和那山一样壮的撑船人，也看了看头顶。三人低头目光相触，立即都明白，对方知道的要比自己想的多。

“猛哥。”抽旱烟的使了个眼色，那山一样的壮汉爬上房梁，他让下面人闪开后就扯开头顶的茅草，几乎是瞬间，鸟绒一样的东西如雪花一样飘了下来，一堆碎肉挂了下来。

是个孩子，手小小的，看上去还没三岁大。

这里的房主也被咬碎藏在房顶。

“真他妈厉害，能把人咬成这样，狼都未必能做到。”猛哥说道。

“非也。”那戴眼镜的公子哥已经收起了水靠，把自己的一身装扮穿了回去。一路水路过来，他的衬衫完全没有被水弄湿，而且挺括得好像刚烫完一样，不知道是怎么做到的。他一边把一种油抹到自己的头发上，一边说道：“这些人不是被虫子杀死的，是被人切碎了藏进去引虫用的。”他对凤凰伸出手：“洋人的东西在哪里？”

凤凰顺手递给了公子哥，后者只看了一眼就说道：“各位，不嫌弃的话，现在开始听我安排。”他显然对于英语非常熟悉。

“凭什么？”抽旱烟的铁筷子笑了起来，“你小张哥脑壳坏掉了吧，你是我夹来的喇嘛，为什么要听你的安排？你是什么东西？”说着就来抢那文件。

小张哥把文件一收，退后了一步：“就凭如果不听我安排，你们今晚都会死在这里。”

铁筷子脸色一下阴了下来，刚想使眼色，就看那小张哥立起一根手指：“先听我说，这些茅草顶上的死人肉块是这个寨子里的人自己设置的。这个寨子暴发虫灾，人一个一个死亡，毕摩出面之后发现这些人的死法和一种巫术有关。据说毕摩居住的区域死守着后面原始丛林的入口，就是为了防止这种巫术的力量离开那片丛林。寨子里的毕摩从小所学的法术知识之中，就有关于这种虫子的，他们知道这种虫子的习性，才把死者切碎混入茅草中放置在吊脚楼顶，在夜晚用来引虫，并想把这种虫子灭掉。”说着他立起第二根手指，“毕摩认为这种巫术之所以离开丛林，突然出现在寨子里，和之前老外的探险队有关。而那支探险队唯一的生还者——一个毕摩，可能就是带这种巫术出来的人。写这份报告的人是前来调查探险队失踪的调查员，他后来也消失在了寨子里。美国人意识到寨子对他们有敌意，才让你夹的喇嘛，想通过本地人探知消息。这部分是文件后面的注释加上我的推测。”

铁筷子没有作声，显然公子哥是猜对了。

“这里路途很不方便，也没有邮件系统，我们可以这么推测，来这里调查探险队失踪的调查员并不是被寨子里的人所害，他来到这里之后，应该立即发现了这里的虫害，并且和当地人一起参与了灭虫行动，这些资料就是他在参与过程中记录下来的。但是很不幸，这位调查员先生可能已经遇难了。从这些尸体腐烂的程度和虫大量吸食的痕迹推测，整个寨子的灭虫活动应该出了巨大的意外，当地人损失巨大，或将整个寨子放弃了。”小张哥把文件递了过去，“综上所述，晚上这里会是一个巨大的食堂，我们都是新鲜菜。”

铁筷子看英文的速度显然没小张哥那么快，他努力地阅读。小张哥继续道：“现在离太阳落山还有四个小时，这地方晚上一点照明都没有，全靠油灯，不听我的，那你来告诉我你打算怎么做？”

第十三章

铁片

TIE PIAN

“你有办法？”铁筷子一边吃力地看英文文件，一边问道，口气已经有点软了下来。小张哥抹完发油，攀出窗外看了一圈，回身扫开地上落下的茅草碎屑，从自己的舌头下面卷出一块黑色的东西。

那是一块非常锋利的铁片，他蹲下将铁片拿出，开始在木头地板上画图。“寨子分为三个部分，我们之前停顿的地方是水寨，是寨子最靠外的部分，现在我们所处的地方是前寨，是普通族人住的区域，很大，吊脚楼非常多。在前寨后面，传说中有一个内寨，内寨应该被前寨和后面的山包围着，里面住着寨子里的毕摩。内寨是禁地，谁也不知道里面是什么样子的，阿萨以前偷闯过内寨，算是唯一一个知道一些内寨情况的人，现在也下落不明，不能指望。”他说道，“给那支探险队做向导的毕摩从丛林里带回来的东西，应该全都在内寨之中。

我们要完成任务，进入内寨是首要之举，我们的困境在于没有了阿萨，我们不知道进入内寨的路线。而同时，我们不知道内寨现在情况如何。”

这些人不是不知道小张哥说的情况，但是被他这么一理，所有人的思路顿时清晰了起来。

“但是这寨子里现在一个人都没有，姑奶奶想找人逼问都做不到。”凤凰皱眉道。

我因为经历得多了，本能地察觉到，小张哥在说这些话的时候，其实是通过层层的逻辑对这些人进行了心理干预，这是走江湖的人为了让别人相信自己本能的一种说话技巧，如果不是特别警觉，很难察觉到，所以最后人们很容易对分析者出现盲从从而被利用。

不过，小张哥的心理干预还未到那一步。毕摩从丛林里回来，一定不是梳着双马尾兴高采烈地唱着《小星星》。美国人全部失踪，他一人回来，必然经历了极其惨烈的事情，所以他在内寨多半处于休养的状态。如果虫灾是他从山的深处带出来的，那么，内寨一定第一个遭殃，如今可能已是重灾区。

“放心，内寨所在你我都不知道，但是有一个人肯定已经知道了。”小张哥指了指上方，“你们花重金请的人，肯定值这个价钱。如今我们得准备两件事情，一件事情是找退路，两个时辰之内如果事成，我们如何退去？第二件事情是这内寨凶险万分，我们要做万全的准备。你们对这种虫子所有的情况，要和盘托出，我实话说，只凭现在知道的这些，我们大概谁也活不下来。”

蛇祖在这个时候不说话了，这个人的性格我还没有摸透，总觉得也有些拧巴。我张口想问问题，发现这是不可能的。

铁筷子和猛哥面面相觑，猛哥说道：“好，如果找到内寨，便和你们讲。”

小张哥刚想答话，闷油瓶的哨声刺破天际，所有人冲出屋外，那哨音的意思是：发现活人，马上上来。

“走！”铁筷子闷喝一声，跟他来的人都开始攀岩。小张哥却面带微笑，立即往寨子的深处跑去。铁筷子愣了一下，心念一动，对蛇祖说道：“你去跟着小张哥，看看他到底要搞什么名堂，如果实在诡异，直接干掉，不用知会我。”

第十四章

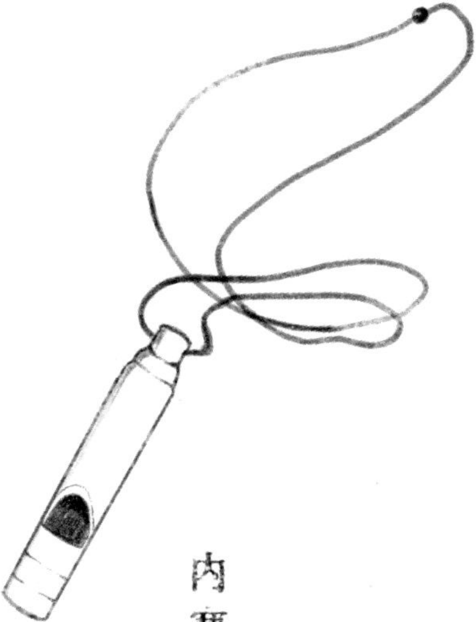

内寨

NEI ZHAI

蛇祖应了一声，矮身向小张哥追去。

以我的性格，我对这件事情绝对有所保留，蛇祖的各种举动都不符合我的性格，所以他的行为让我很难受。如果是我，此时肯定是跟着铁筷子上山，了解整体的情况，不会贸然被人驱使。我此时深刻地理解到双子座人的内心纠结。

悬崖上的石阶梯非常险，小张哥的身手，至少下盘的稳定性不比闷油瓶差，他猫着腰一路跑出了这个建筑群，开始往寨子核心的码头方向——吊脚楼最集中的区域跑去。

这里所有的吊脚楼都是一个集群一个集群的，中间由山路相连，跑在山路上的我们全无遮蔽。如果寨中有人潜伏狙击，我们只有跳下峭壁一条路。这也是我不愿意冒险的，但是蛇祖说跟着就跟着，毫不犹豫。即使我知道是幻觉，仍旧感觉心飘忽不定。

蛇祖紧随其后，很快就感觉吃力，好在小张哥不时停下观察地形，他才能勉强跟上。一路来到码头，这里有一座巨大的吊脚楼，有六层之高，相当于普通老百姓的吊脚楼的十个大，似乎是部落头领议事的场所。

小张哥停了下来，他没有进入，而是转身看向我，我能看到他把嘴巴里含着的那块锋利铁片压在了下嘴唇上。

“你在做什么？”蛇祖追到此处也戒备起来，问道，“擅自离队是坏了规矩。”

“那哨子不是大张哥吹的，大张哥的哨子吹得再响，也不会那么凌厉。”公子哥看了看悬崖的上方——小张哥这名字实在难以称呼，还是叫公子哥——阳光已经开始偏移，阳光和阴影的界限正在缓缓上移。

“这种事情如何可以肯定？”

“是不能肯定，但是我能肯定一件事情，以那家伙的脾气，他绝对不会停下来等人，如果他有线索，早就行动了。”公子哥说道，“所以，他绝对不会吹鬼哨来提醒我们任何事情，他现在恐怕已经进入内寨了。”

“那是谁在吹哨子？”蛇祖惊道。回头看跑来的方向，已经看不到往上攀爬的众人了。

公子哥说道：“知道咱们约定的哨语的，如果不是大张哥，那么肯定是之前在水寨子失踪的两个中的一个。哨语有诱惑性，应该是有敌意的，铁筷子上去恐怕会中圈套。”

“那你为何不出言提醒？你是希望他们死？”蛇祖问道，他牙齿一抖，显然就想动手。

如果有人在夹喇嘛的时候互相倾轧，那是要被整个江湖除掉的。这种行为在夹喇嘛中是最不能被接受的，因为这一行利益太大，如果没有基础的信用和不可违背的原则，那夹喇嘛的每一次回程都会是一场灾难。

公子哥眯了眯眼睛，显然看到了蛇祖叩动牙关，他毫不在意，一边四处张望，一边说道：“你知道那铁筷子是谁吗？此人名叫九头烟袋，是二十年前滇西这里的马帮白纸扇，已经消失了二十年，如今突然出现夹喇嘛，而且面貌变化巨大——显然故意将自己面部的骨骼打碎过，如果不是他拿烟袋的动作，我还真认不出他来——这种人突然出山做事，托他夹喇嘛的人和他一定不仅仅是钱的关系，要么就是他的上辈说话了，要么就是和他当年退隐的事情有关。九头烟袋人如其名，他有九只烟袋，里面装着各种奇怪的秘药，抽起来神倒鬼散，有着意想不到的用处。想要暗算这样的老江湖，我都没把握，而且他身边跟着的那壮汉身手远在你之上，你不用担心他们那边。”

“胡扯！二十年前的人你都认得？你当时几岁？”蛇祖奇怪地问。

公子哥张望了好几圈，忽然就发现了线索。“你猜着。”说着他飞爬到一边吊脚楼脚处，蛇祖跟上去，就看到柱子上面的隐蔽处刻了一个奇怪的记号，指着一个方向。

“在这儿！”公子哥难掩喜色，吐出铁片几下把记号刮掉，对蛇祖说，“你要跟就跟着来吧，走！”

话音未落，蛇祖将腰中的一条信蛇直接甩到了公子哥身前，拦住了他的去路：“不准走，你夹这个喇嘛到底是什么目的？”

第十五章

六角铃铛

LIU JIAO
LING DANG

此时我有一些启发，我意识到蛇祖的行为正在诠释原则和信任之间的关系，我在做事情的时候，永远是信任大于原则，只要这个人是我信任的，甚至只是直觉上觉得值得信任的，那我就没有任何原则，大可以跟着他乱跑。但蛇祖显然不是这样的人。

这几乎让我看到了一个新的世界，早先对于人的不同性格，我总是可以忽略不去理会，但是这一次，我寄居在一个愣头青的身体里，不管我内心觉得他多么迂腐，总算也是了解了另外一种人的江湖生活习惯。

不得不说，正因为世界上大部分还是这种人，世界的基础次序才能运转。如果多如我这样，那“江湖”这种靠潜在规则运行的体系早不存在了。

在夹喇嘛的规则里，被夹的喇嘛需要听从铁筷子的调遣，完成属于他自己的工作，这是不可逾越的法则，而铁筷子必须保证喇嘛们的安全。夹喇嘛当然经常死人，但是好喇嘛都会看铁筷子以往夹喇嘛的成绩，如果这人夹的喇嘛以往都是团灭，那他妈谁会参与！

一般来说，人都愿意跟着两种人，一种是新的铁筷子，以前没夹过东西。这种喇嘛团分配利益平均，而且铁筷子控制力低下，甚至有喇嘛比筷子拿得更多的情况。还有一种就是老筷子，江湖有名的瓢把子，成功率高，控盘能力强。

当然，也有高手特别喜欢加入陈皮阿四那种喇嘛团，十个去只能回来两三个。虽说能不能活着回来，一来靠运气，二来靠自己的手艺，谁也怨不得谁，但是如果活下来，往往这一辈子的钱都到手了。

这种人要么是对自己非常自信，要么就是急功而贪婪，或者已经走投无路。也不要小看了走投无路的人，他们虽然手艺不行，但是因为毫无牵挂，未必不能成事。

这一次的喇嘛团应该属于第二种，铁筷子控盘能力很强。这种喇嘛团特别讲究团结，只要听铁筷子的，喇嘛们一般都会相对安全。在这个原则下，统一行动几乎是一条铁律，一路上都被执行得很好，突然间，喇嘛团里两个人开始旁若无人地自由活动，这会让其他人心生不安。

而铁筷子的控盘能力也在此时体现，虽然团员无厘头地自由活动非常少见，但他还是做出了非常清晰的判断——如果不听话，就弄死好了。

由此我意识到，闷油瓶和这个公子哥整体的行为模式，和之前我们去七星鲁王宫的时候一样。当时我们已经不算是被夹的喇嘛，我是三叔的伙计，闷油瓶是向陈皮阿四借的人。显然，陈皮阿四用闷油瓶在三叔的队伍里入了股。

但是，闷油瓶现在的举动几乎和当时一样。

通过这种分析比较，我得出一个结论：闷

油瓶进入这个喇嘛团，并不是单纯地求生活或者走江湖，和混入三叔的队伍一样，他在这次的事件中有自己的目的。

他们张家人似乎就和海里的鲫鱼一样，依附在各种团体内部，吸取情报，隐蔽自己，还可以省路费，进入现场之后立即分散开始自己的行动。他们的动作之快，一般人无法预估。当别人反应过来，他们已经进入第二甚至第三阶段了。

如今的九头烟袋他们，也会完全陷入被动。而我这一次，终于择对了道路，能跟着闷油瓶的脚步。

如果我能控制蛇祖就好了，我心说，你他妈在这儿浪费什么时间啊。蛇祖身上所有的蛇都扭动起来，就在这峭壁之上，公子哥如果没有过人的能力，确实很难防御这些蛇。我内心焦急如焚，就见公子哥将铁片卷入舌下，又从舌头下面吐出一只小小的六角铃铛耳坠，将其戴到自己耳朵上，接着笑了一下，顿时轻微的窸窣铃声便随着他的笑容开始发散。

那笑容无比邪魅，但是我却忍不住想笑，觉得好傻，而且，你他妈嘴巴里放了多少东西？

第十六章

跳水

TIAO SHUI

公子哥显然是个邪魅狂狷之人，只是所有的细节都过了一点，使得这种邪魅狂狷像是戏剧里的无厘头。比如这一笑，就完全不应该在这个场合绽放开来。也可能是闷油瓶给了我张家人都是闷且神情呆滞的印象，使得这公子哥只要稍微活泼一点，便看上去像个神经病。

不知道为什么，我忽然觉得他和黑瞎子有点像，不过显然不可能是他。

听着那耳坠的声音，那些蛇竟然慢慢平静下来。公子哥继续笑着，对蛇祖道："朋友，我们之间有着很难言说的信任，你和我视对方为知己。"

蛇祖没有回答，但神志显然有些恍惚。

公子哥凑近了一些，继续说道："我不会害你，你也绝对不会害我。"他的声音竟然变得扭曲起来，似乎是从四面八方传过来的。

蛇祖开始去看四周，有点恍惚地去找声音的来源，动作明显变得很迟缓。

我知道青铜铃铛的厉害，它对人的迷惑几乎是没有时差的，但我此时也只能看着蛇祖被迷惑，什么都不能做。公子哥来到了蛇祖面前，贴到他耳边说："现在，跟着我走。"

说完他开始后退，往山路的上方跑去。

蛇祖迷迷糊糊地跟了上去，没有丝毫迟疑，路过信蛇的时候，信蛇瞬间盘回他身上，他也完全没有减速。

不知道是不是神志的问题，感觉公子哥的速度变得非常快，身影飘忽，几乎连轮廓都看不清楚。蛇祖几乎是听着那六角铃铛轻微的窸窣声才能跟上，一路连我都有点晕眩。

我以为最起码还要找个十几分钟，却见公子哥爬到一处凸起的岩石处，停了下来，回头又对我邪魅一笑。此时的邪魅确实是邪魅，因为在幻觉中一切感觉都是扭曲和妖气冲天的。

铃声中听他说："我不会害你，按我做的去做，我们是同一个人。"说完他忽然往后一倒，整个人翻下了悬崖。

这里离崖底的江流最起码有四十米，高空跳水非常危险，入水瞬间速度很可能达到每小时一百公里。公子哥在空中转体，双腿朝下落入了水中。

蛇祖没有丝毫犹豫，也跳了下去，在空中模仿了公子哥的动作，瞬间落入了水中。

顿时，所有迷糊的感觉全都消失了，蛇祖一下清醒了过来，他挣扎了一下，发现自己掉入了一个巨大的深潭之内。

阳光从上头反射下来，只见深潭上方的水十分清澈，呈现出一种通透的水绿色，但是水面四米以下则是一片漆黑，看不到水底。

这是一个江流中的陷坑，和之前看到的金沙江底的坑洞类似，不过这个却大得惊人，有清水从中涌出使江流变得清澈。水流在这里交汇形成了无数的小漩涡，使江流的流速在这里减慢。

看到公子哥已经往水下潜去，蛇祖立即摆动双腿跟了上去，潜入黑暗中。不久，一团奇怪的萤火出现在水底的深处，青光阴森隐晦，犹如鬼火一般。

第十七章

毕摩

BI MO

一路潜到那鬼火近旁，发现那是一盏水灯，里面是某种发荧光的矿石。

水灯很小，挂在一条铁链上。这里离水面十一二米，往下再看，下面有无数的铁索横跨在水下两边的峭壁之间，和在长白山底下看到的情况一模一样。

裸潜无法再向下深入太多，公子哥往近处的峭壁看去，果然看到了一个水下的洞窟。

水灯应该是闷油瓶留下的记号，指向这个洞口。

铁链通到这个洞窟当中，我们抓着铁链潜进去。

这个洞直径大概有三米，进入之后，我发现铁链一路往洞内延伸过去，似乎是一条引路链。这里一片漆黑，水温很低，水流变得刺骨起来。

公子哥用水灯勉强能照出一米远，他观望

了片刻，便猛地往里潜去，蛇祖毫不示弱紧跟上去。进去六七米后，公子哥忽然往洞顶一贴，整个人嵌入了洞顶之内。

蛇祖也上去，才发现这洞穴的顶部有一些气孔，往上蹬几下，头部就出水了。

气孔有一辆夏利的车厢那么大，公子哥把水灯提出水面，发现这里的岩壁湿漉漉的，边上放着很多奇怪的石头。

“哦，竟然有这种石头，难怪这里可以常年有氧气。”公子哥爬了上去，蛇祖顺着上升的灯光，看到气孔洞穴的石壁上有很多原始的雕刻。公子哥接着说：“这应该是那些彝民的祖先发现这里后刻下的，他们认为这样的洞穴是山神挖掘的，所以刻下了图腾。你看这洞上被开凿的痕迹那么工整，肯定是他们的手笔。”

蛇祖喘着粗气，神志已经完全清醒，想质问公子哥什么，但是气憋得太久，喘得不行。

公子哥看着蛇祖直笑：“何必呢？我一路可以除掉你的机会太多了，你这么狼狈地跟着我不觉得丢脸吗？”

“闭——闭——闭嘴！”蛇祖断断续续道。

公子哥不去理蛇祖，只是赞叹地又看了看洞壁：“这一次果然来对了。”说完再次跳入水中。

蛇祖想立即跟上，但气还没喘匀实，猛地打了自己胸口几下，强行吸入一口气，也跟着跳了下去。公子哥竟然还在水下等着，没有率先离去，看蛇祖下来才做了出发的手势，提灯继续前进。

这家伙比闷油瓶有组织有纪律有责任心啊，我心说，狗日的，说起来，闷油瓶在组织纪律性方面确实是个渣。

一路继续，又经过了两个气孔，前面出现了光亮，我们游出了水洞，发现来到的地方还是一个巨大的深潭，往上一浮，几下出水，阳光刺得人睁不开眼睛。

适应后，蛇祖抬头一看，就发现这个水潭呈碗状，四周的峭壁上大树林立，郁郁苍苍。

环绕水潭的全都是吊脚楼，它们叠了好几层，比外面的要豪华很多，能看到瓦顶和琉璃的装饰，柱子都是巨木红漆。

这里阳光明媚，景色犹如梦幻一样。整个区域又是完全封闭的，不用卫星根本无法知道这里的存在。这些巫师真是找了个好地方。

“吹哨子，看大张哥在哪儿。”公子哥对蛇祖说道。

蛇祖吹起哨子，一处吊脚楼顶立刻传来了回应。他们循声望去，就见大张哥站在那吊脚楼顶，指着一个方向。

那边有一个滩头石阶，从那儿可以上到山壁上。我此时才发现，这里的山壁上有大量的浮雕，雕着一张奇怪的面孔，似乎是一个面具。

第十八章

喝茶

HE CHA

峭壁上雕刻的是狐狸脸，一看便知是战国时期的风格，大部分因被水蚀风化而线条模糊，当地人用颜料重新涂抹过一遍，如今颜料也褪色得厉害。但是走近看，就会发现没有风化之前，这些浮雕还是相当精美的，很多细节用了极大的功夫，这是艺术品式的浮雕，而不是简单的工匠作品。

游到岸边，大张哥将蛇祖拉了上来。显然蛇祖已经放弃了争辩的想法，现在一对二，没有胜算，且公子哥一路照顾，他再挺着脊梁指责别人不守规矩然后弄死对方，有点可笑。

但是蛇祖说的第一句话还是："你们这种做法不符合规矩，你们到底想做什么？"

要是我也会疑惑，因为这显然不是为倒斗夹喇嘛，因为报酬全靠铁筷子支付，这两个人就算多快好省地完成了任务，铁筷子那边也不会给一分钱。他们肯定有自己的目的，但是如此这般，“我到底算是他们的同伙还是俘虏”，现在蛇祖太难下这个定义了，算是特别尴尬的一种人际关系。

不过既然铁筷子让蛇祖跟着他们，那么他现在还算是完满地完成了任务。

公子哥的衬衫湿透了，埋怨道：“要不是你在我后面叽叽哇哇的，我就换上水靠再跳了，这可是上海亨生的老板给我做的衬衫，不知道会不会缩水。”

说着他们已经开始往上爬，爬向一边的一座临潭的吊脚楼内。张家人的习惯我算是知道了，无论他们在做什么事情，他们的脚永远在前进。除非迫不得已，否则他们绝对不等。所以普通人在疑惑、谨慎、讨论的时候，他们早就跑到千里之外了。

这个吊脚楼里的空间有外面六七个普通房间那么大，地板用的最好的木料，放着丝绒的垫子，烤火的炭盆是洋制的，一看就是尼泊尔的工艺。临潭有一个架空的阁楼，下面就是潭水。

闷油瓶已经在炭盆里生起了火，边上烧着两壶茶水。公子哥脱掉上衣，露出了纤瘦的上身，我看到他的身上文着一只奇怪的东西，类似麒麟但不是麒麟，好在我小三爷阅历广阔学识渊博，一眼就看了出来，这是一只穷奇。

穷奇是一种奇怪的神兽，它几乎是麒麟的反面。麒麟疾恶如仇，凶猛，但代表着正义，有着不可抗拒的力量。它还是一种契约型的神兽，文麒麟文身的人如果做正确的事情则事情进展会非常迅猛，做不正确的事情就会被麒麟烧身。穷奇则完全是邪恶的，它食人。如果有双方争斗，它会咬掉正确一方的鼻子。如果发现有人做了坏事，它会捕捉大量野兽送给他，鼓励他继续做下去。最牛的是，穷奇的阴茎有五米长，是某些地域的男性生殖之神。文穷奇的人，喜好淫乐之事。

真是什么人文什么身，感觉公子哥就应该是这么一个鸟样。

他把衬衫挂在架子上烤，然后倒上热茶，就悠闲地喝起茶来了，还示意蛇祖别客气。蛇祖彻底蒙掉了：我们以最快的速度到达这里就是为了来喝茶？要知道，外面那些人即使有能力，起码也要晚个一两天时间才能到达。

“这里的装饰有好多汉人的痕迹，一定有汉人帮助彝族人修建过这些楼宇。”公子哥说道，“茶里混了药，需要时间生效，不喝这茶晚上谁也救不了你。”

蛇祖问道：“什么药？我不能随便食药。”

公子哥把自己喝了一半的茶递给蛇祖：“喝吧喝吧，说出来你就喝不下去了，这药喝了大补。放心吧，和你的蛇药不冲突。”

蛇祖仔细闻了闻，才勉强喝了几口，茶里混了人血一样的东西。

喝完之后，两个张哥都开始把茶水抹在手上和脖子处，蛇祖跟着做。闷油瓶说了一句话：“找到巢之后，我会继续追下去。”

“族长，我是做脏事的人，这种事情应该

我做。”公子哥说道，“你得活到合适的时候。”

“你们到底有什么目的？”蛇祖终于再次忍不住说话了，这两个人确实把蛇祖当成了透明人，“既然找到入口进来了，按例我就要通报铁筷子了，不能和你们在这里瞎胡闹。”

公子哥转头，饶有兴趣地问蛇祖：“耍蛇的，你夹这趟喇嘛，目的何在？”

第十九章

聊天

LIAO TIAN

蛇祖将茶杯放下，对这个问题有些不知所措。

江湖中自有一套规则，每个人之间的距离，可以聊的话题，不可以聊的话题，人们在长时间的磨合中已经有了极端的默契，这种唠家常是不被允许的。谁有闲心和你聊这些？喇嘛夹完之后可能这辈子都不会再见，你要知道这些干什么？

蛇祖显然很早就开始跑江湖，见惯了江湖的险恶，没想到对方竟然这么不守规矩，所以浑身一副戒备再戒备的鸟样。而且他和这两个姓张的实力相当也就罢了，保持距离即可，问题是这两个姓张的实力深不可测，他连厉声冷笑装酷都显得很可笑。

我内心帮蛇祖吐了一百个槽。

看蛇祖没回答，公子哥继续说道：“不用问也知道，你这种人，肯定是为了钱。我告诉你，为钱夹喇嘛不合算的，这一趟你能拿多少？”

蛇祖又愣了一下，公子哥又说：“对了，江湖规矩你不能说。你看，江湖规矩多操蛋，说不定铁筷子拿一万个大洋你就拿一百个，何必呢？这行没前途的。”停顿了一下，公子哥幽幽地说道，“我拿三百个，大张哥拿两千。你肯定没我们多吧。”

蛇祖激灵了一下，看样子是被猜中了。公子哥从怀里掏出了一个类似香肠的东西，那是一卷用纱布包着的大洋。

这东西在少数民族地区购买力惊人。公子哥掏出了五六十个，丢给蛇祖：“晚一天通知烟袋他们，这五十个给你，我们两个的事情你少问，跟着我们就行了，赚钱嘛。”

蛇祖看了看银圆，犹豫了好一会儿，才默默地收了起来，放进自己的口袋里。他开口问道：“为什么大张哥那么贵？”

我不由扶额，这公子哥真牛啊，完全把这耍蛇的忽悠瘸了，他现在基本上就是自己人了。

“到晚上你就知道了，贵有贵的道理。”公子哥说道，“对了，你从哪儿来啊？很少见到耍蛇的啊。来交际一下，以后有活儿介绍给你啊，我们哥儿俩出手可大方了。”

“我从彬龙过来，是佤族人，现在在滇南，洋人烧了我家村子，买枪回去杀洋人。”蛇祖说道。

“这是祖传的手艺？”公子哥指了指他腰间的蛇，“这玩意要用得好，我也不是对手啊。”

“如果没有那个铃铛，你不是我的对手。”蛇祖说，“你那到底是什么法宝？你会邪术？”

“我也不知道。我是外人，老大给的，但是我老大口头表达能力太差。”说着他指了指自己的文身，“你看我文的是这货，虽然我和老大都姓张，但是没血缘关系，我是捡来的。”

“捡来的？”信息量太大，蛇祖有点接受不能，当时南部边疆的生活很简单，人对太复杂的事情都一时不好理解。

“是啊，我是做脏活的，老大他们家把我

养大，我跟老大姓。”

“你是给族长倒夜壶的吗？”

“不是那种脏活。”公子哥就皱眉道，“哎呀，你文化程度真不行，没法和你整。”

“你的东西怎么都放在嘴巴里，不怕吞下去吗？”

“最好藏东西的地方就是嘴巴。不过我不能告诉你我怎么干的，等下你暗算我怎么办？”

有一搭没一搭的，蛇祖和公子哥开始聊天，之前在筏子上各自装酷的状态荡然无存。不过我能看出来，公子哥说的话都带着钩儿，蛇祖显然不是对手，聊天过程当中几乎什么都被套出来了。

这公子哥时刻都在演戏，看不到真面目，从某种意义上来说，他确实是干脏活的人，张家之所以那么隐蔽，是因为有这批人存在吧。因为也经过了相同的训练，才需要不同的文身来确定阶级吗？

不过到现在为止，他干脏活的成果只是让

小哥更好地装酷吧。张家果真是个奇葩的家族，活该会灭绝啊。

聊到太阳西落，景色太美了，夕阳落到琉璃瓦上，这里好像仙境一样，皇宫都没有这里漂亮。公子哥的衣服已经干了，他穿了起来。闷油瓶打了两三次盹也完全清醒了过来。此时却见寨子阴暗的地方亮起了一盏一盏的青光，犹如鬼魅现形。如果不是在水底见过这样的冷光，我还真以为寨子里的人死后全变成了鬼火。

闷油瓶在我们来到这里之前，已经将冷光灯挂满了寨子。

“注意所有的草堆和阴暗角落，小心房顶，一只都不能留下。”闷油瓶说道。

第二十章

神铁

SHEN TIE

一路前行，我看到很多地方都放着奇怪的藤编物，都是灭虫的陷阱。整个毕摩寨显然已经全空了，而这两个人似乎对于他们去哪儿了也没有太大兴趣。

闷油瓶到这里的所有时间，都用来布置了这些东西。

我意识到他们是来抓虫的，那虫子哪儿来的，有什么危害，如何捕捉，显然他们早就知道了。

“你见过那种虫子吧？”公子哥问蛇祖。蛇祖点了点头，公子哥继续道：“这里面的不一样，小心点。”

蛇祖问道：“有何不同？”

“外面的，都是公的，这里有母的。”

“母的又如何？”

“母的断一只脚，公的就全过来了。”公子哥道，“不能让味道散开。对付母的必须捏住它背上的两个斑点，这样它就动不了了，然后把虫子放进藤筐里，再扔块石头进筐，丢进水里淹死。”

这里到处都是藤筐。蛇祖问道：“如此重要的事情，为何刚才不说？”

公子哥道：“我啥时候说你都要管，你未免管得太多了。”

一路在吊脚楼和各种廊桥之间穿梭，三个人来到一处大殿，这里是设置陷阱最多的地方。四根巨大的廊柱，撑着整个殿体。殿的中心，有一根奇怪的铁柱子。

仔细看就能发现，这是一座风化的青铜雕像，已经完全看不出雕的是什么东西了。

“这就是这个寨子的神铁，也是这里所有事情的起源。”公子哥说道，“八十年前，上上代的毕摩从后面的雨林深处发现了这块神铁，将其带了回来。后来这块神铁被来到这里的美国人发现，他们由此知道了雨林里的东西。”

“神铁？”蛇祖摸了一下，“怎么个神法？”

“这雕像是这里神话世界中的第一代人类。这边的少数民族，包括白马藏族、纳西族和独龙族，他们的神话中都有三个时代，第一个时代的人类只有一只眼睛，叫作独目人。你仔细看，这个雕像的头部就只有一只眼睛。在雕像出现之前，这些神话只在这些民族中口口相传，从来没有印证的文物或者遗迹。这块神铁出现在彝族围绕的一片蛮荒山区之内，这片区域从古至今没有人往内迁徙，美国人认为这是有原因的。”

“这雕像从林子里来，那美国人进去是去找这种雕像的？雕像在林子的什么地方？”

“谁也不知道啊，这是一个巨大的谜。谁也不知道这雕像来自什么地方，只有上上代的毕摩留下了很少的线索。”公子哥围着神铁绕圈，说，“别看这东西是金属的，但它非常轻，使用了非常高级的工艺。哎，说了你也不懂。用青铜做出这么薄的东西，太少见了。美国人一直怀疑里面有东西，但是毕摩不让碰。”

“可你是怎么知道那么多的？”蛇祖突然反应过来，问道。

闷油瓶在神铁前面放置的祭盆中点上了一种奇怪的香料。公子哥端起那盆子在房间里到处走动，说：“我年纪很大了，你看不出来吧，老人家总是知道得多一点。”

第二十一章

母虫

MU CHONG

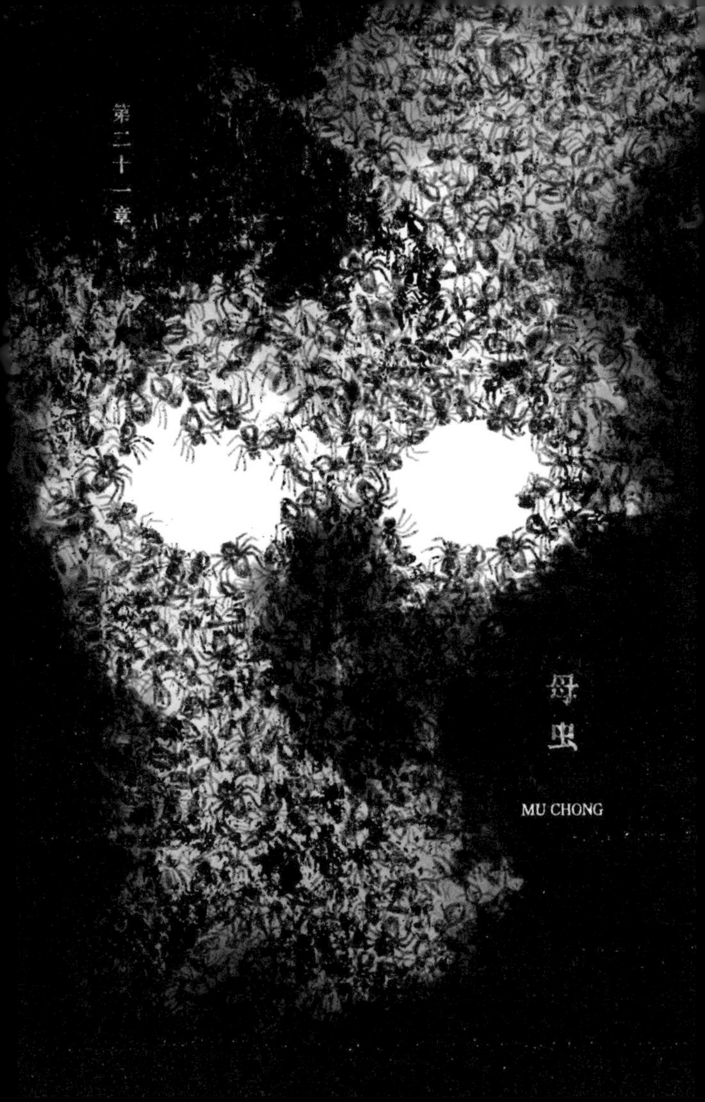

蛇祖简直是个傻根，开始追着公子哥问他多老，公子哥显然是在逗他，随口就乱回答："比你爷爷大。"

"不可能，你看上去也就我爸那么大。"蛇祖说道。公子哥摸了摸自己的脸："你爸几岁生的你？你这么夸我，我怎么好意思？"

闷油瓶终于听不下去了，回头看了一眼小张哥："你还是回乡去吧。"

公子哥马上闭嘴，对蛇祖做了一个示意安静的动作："专心。"

"这是什么？"蛇祖指着烟。公子哥说道："这是虫香玉，能把虫子引过来，放心，你手上的茶水能保你一次两次，但是你自己作死碰那些虫子就没办法了。"

"嘘！"闷油瓶再次喝止。这时，头顶上响起了扑棱扑棱一连串动静。

蛇祖震动口腔，两条蛇盘到了他的颈部，

看样子是想做全方位的防御。三个人抬头，就看到一只巴掌大的五彩斑斓虫倒挂在房顶，迅速从他们视野里爬过。

闷油瓶甩出断彝刀，脚踩柱子跳上横梁，像一只蝙蝠一样从这根横梁矮身跳向另一根，几乎只有半秒就追上了虫子。他反手一刀，刀子脱手，像流星锤一样叉中了虫子，再一收，刀的带子挂着手腕打转 360 度回到他手里。

虫子还在不停地挣扎，闷油瓶把刀往盆子里一放，里面的高温立即把虫子烧得吱吱直响，他随即抖刀直接把虫子甩进湖里。

“一只。”公子哥念道，“还剩六十七只。”

“你们连有几只都知道？”蛇祖惊讶，忽地腰间惊蛇一抖，原来房顶上猛地跳出一只比刚才那只大两倍的五彩斑斓虫。

蛇祖在惊蛇抖的瞬间立即往后一跳，一个后滚翻躲开了虫子的落地一扑。虫子扑空后，立即朝公子哥的脚扑去。

公子哥往后一个空翻，单手撑地，瞬间从

嘴巴里吐出一道寒光，是他嘴巴里的铁片，正打在那虫子身上。

虫子被钉死在走廊地板上，蛇祖立即掏出药酒，浇在上面点燃。虫子被烧得蜷缩起来，闷油瓶用刀一拍，把它拍进了湖水里。

“两只，开场不错。”公子哥抖了抖手，刚才始料不及，估计手震得有些麻。

“这是吐痰的功夫。”蛇祖说道，“你吐痰怎么这么厉害，能不能教我？”

“就冲你这觉悟我都不能教你，这怎么叫吐痰的功夫？”公子哥从水靠中取出一些更小的铁片，一片一片放进嘴巴里，“这是童子功，我现在就算和姑娘亲嘴，姑娘都不会知道我嘴巴里藏了那么多东西。你的蛇速度快，但是不能进攻，等下你来围堵，我来下杀手。”说着就听到整个寨子到处都是虫脚的爬动声。举目望去，房顶上，柱子上，地板下面，开始有大量的虫子爬上来。

“母的来了。”公子哥指了指七点钟方向，

“小蛇，咱们把小虫子隔开，掩护大张哥对付大的。”

就在这时，闷油瓶一把抓住了公子哥和蛇祖的后脖子，把他们两个整个往后一甩，就见他们站的地板的缝隙里，刺进来了两只毒螯。接着，地板发出爆裂声，整个地板都被拱了起来，下面显然是个庞然大物。几乎是同时，蛇祖脖子上的信蛇咬住了闷油瓶的手。

第二十二章

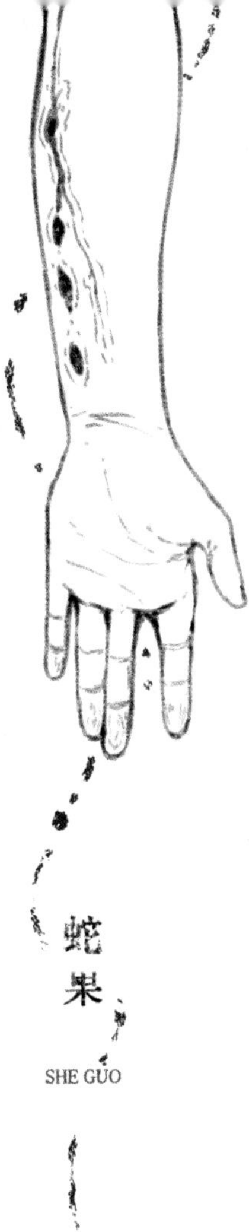

蛇果

SHE GUO

闷油瓶一下捏住蛇的脖子把毒牙拔了出来，蛇祖也立即把蛇撤回来，但是能看到闷油瓶的手腕一下就变黑了。

确实如蛇祖自己所说，他的实力和公子哥是不相上下的，如果是和人搏斗，蛇祖一定是个极厉害的角色，可惜这次斗的是虫子，他反应就慢了不少。

“蛇药呢？”公子哥脸色变得铁青,大骂道，“你这什么破蛇？”

“你和蛇讲什么道理！”蛇祖冷冷道。他抓起闷油瓶的手就开始吸，吸了几口毒血出来。然后，蛇祖露出自己的手臂，就看到手臂内侧有一排植入皮下的凸起。他拔出匕首，割破一个，从里面挤出一颗类似植物种子的东西，捏碎了压进闷油瓶的伤口。

“你没病吧？别传染给我老大。”公子哥一边踹前面拱起的地板，不让下面的东西上来，一边叫道。

蛇祖压根没理他，弄好之后，对闷油瓶道："手会疼得三天不能动，僵得像石头一样，但是你死不了。"

闷油瓶举起被咬的手，深吸了一口气，就看到伤口附近的血管都鼓了起来，瞬间他僵化的手指动了起来。

"还能动？不可能！"蛇祖惊讶道，"你不疼吗？"

"确实疼。"闷油瓶抖了抖手，将刀换到另外一只手里。这时，"啪咔"一声巨响，公子哥被顶翻摔倒在地。整个地板都拱了起来，一只巨大的爪状虫子，从地板下面翻了上来，地板碎片崩得到处都是。

"这只才是母的。"公子哥爬起来说。的确，这条虫子五彩斑斓的身上有两个黑斑，个个都有锅盖大。

"怎么可能'捏'住这两个黑斑？它们比我们的头都大。"蛇祖咋舌道。闷油瓶也看向公子哥。

“我的亲爹，文件里确实是这么写的啊。难道是我看太快了？”

蛇祖道：“所以那些老外才死光了吧！”

巨大的虫子已经爬上房梁，整个房梁都被压得往下沉，上面的瓦片也被顶翻落入水中。此时看去，发现这母虫虽然看起来很大，但主要是它身上围着一大群虫子造成的，体积加起来大上几倍的雄虫们把母虫裹成了一个巨大的球，让人有了体积巨大的错觉。那两个黑点是雄虫间露出来的母虫身体，母虫是黑色的。

虫子迅速地逼近，三个人不停地后退。如果不是有横梁和掉落的瓦片，它的脚还时不时卡进房顶的空隙中，仨人早就被扑倒在地了。公子哥不停地吐出铁片，打飞爬到母虫身上再蹦过来的雄虫。

母虫身上的虫子太多，它一下没钩住，摔到了走廊上，虫子摔了一地。

我心说这该不是正在交配呢吧，丫每次整

这种破事都坏人家好事，真不人道。公子哥却指着那堆东西道：“这只母虫不行了。”

只见母虫的两只触角已经脱落，四周的雄虫源源不断地往母虫身上爬。的确如公子哥所说，母虫已经受伤了，它们不是在交配。

按道理，这些虫子会疯狂地攻击母虫身边所有的东西，但是如今它们全部往母虫身上涌去。

“母虫身上有个东西。”闷油瓶说道。此时，三个人都看到了，在虫群之中，母虫之上，有一只从来没有见过的碧玉一样的小虫子。

第二十三章

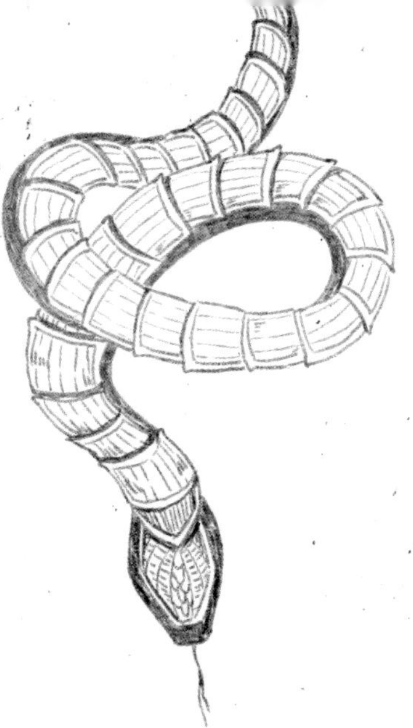

毛蛇

MAO SHE

这是一只碧绿色的甲虫，当然这种颜色的甲虫很多见，但是这一只仿佛是玉石雕刻而成的，在一边青灯的照射下，染上了一点墨色，那种光泽让人感觉是刚从水里出来的。

“谁见过这种虫子？”公子哥喝了一声，两个人齐摇头。公子哥就道：“不妙。”

母虫挣扎着爬起来，它显然非常痛苦，不停地翻动，想把身上这只伤害自己的碧绿甲虫甩下来。那些雄虫也源源不断地爬到母虫身上，却无法攻击甲虫，似乎那甲虫有什么魔力让它们不能发动。

花花绿绿的虫子一团一团的，有密集恐惧症的人根本无法承受这样让人头皮发麻的景象。

折腾中，不少雄虫被挤到走廊边缘掉进水里。公子哥大皱眉头，这显然妨碍他计数了。三个人呆立了片刻，闷油瓶就道：“别错过时机，干活。”刀在手里打了一个转，他对蛇祖说：“酒给我。”

“没几瓶了。”蛇祖丢出一瓶。闷油瓶接住酒瓶，打开喝了一口，把酒喷在刀上，刀往火盆里一伸就烧了起来。他拿着冒火的刀子一连戳死了三只虫子，穿了一根糖葫芦。

雄虫被烧得噼噼啪啪直响，闷油瓶把烧断腿的虫子甩进水里，然后再去戳。公子哥和蛇祖也上去帮忙，两个人翻到走廊下面，抱住高脚柱，能看到很多掉下走廊和挂在走廊木地板背面的虫子。蛇祖一抖身子，身上的信蛇全都爬到柱子上，不让四周的雄虫靠近。公子哥一口一个铁片，把挂在走廊下面的虫子打下水，又把水中挣扎的虫子打沉。

我不知道公子哥有没有活到现代，看这个年代应该是军阀混战的时期，也有可能是《消失的地平线》这本小说描写的后期，不知道具体是什么时候。

如果公子哥有机会活到现在，那他看到《植

物大战僵尸》这款游戏的时候，不知道有没有什么感触。

蛇祖很憋屈，他策动信蛇防御后，只能看着公子哥吐铁片。很快，公子哥就没力气了，开始大喘气，他对蛇祖说："你就没什么东西帮忙吗？吐几十口痰也是体力活。"

"我的手铳在水寨外头。"蛇祖一边说，一边甩动脑袋。他的头发很长，很快散了下来，从头发中爬出来一条看上去像九节鞭一样的黝黑的蛇。仔细一看就会发现那黑色不是蛇的颜色，而是蛇被人为地穿上的一层铁甲。

这条蛇有手指粗，它几乎是粘在柱子上往上爬。

"退后！"蛇祖厉声道。就见那蛇抬起头，身上的铁甲猛地张开，露出了身上的黑毛。

"这是什么蛇？"

"毛蛇。"蛇祖说道，"被这蛇咬了谁也救不了。"

那蛇发出了一连串咯咯咯的声音，竟然是

在模仿四周虫子爬动的声音。不一会儿，真的有两只虫子朝它爬了过来。黑毛蛇抖动黑毛，扇动铁甲，发出了让人毛骨悚然的声音。

我看到这条蛇的时候绝对和看到那种奇怪的虫子一样震惊，这条蛇虽然不大，但是让人感觉非常危险，这种气势可能只有这样的毒蛇、毒虫才会有。接着我看到了惊人的一幕，黑毛蛇猛地咬住了最近的一只虫子，然后上身翻动，把虫子卷住。

它身上的铁片似乎非常锋利，瞬间就把虫子绞成了碎片。

“它不会中毒吗？”

“不会，蛇头包括嘴巴都套着鳄鱼皮，蛇牙是铁钉，这种蛇如果能把毒牙翻出来，我是不敢把它放进头发里的。”

第二十四章

鬼虫

GUI CHONG

黑毛蛇横在公子哥和蛇祖之前，使五彩斑斓的虫子无法靠近。这种蛇攻击速度极快，效率也非常高，它缠住虫子的瞬间力量远远超过我们的认知，就好像粉碎机一样利用锋利的铁鳞把虫子绞碎。

蛇祖收回了信蛇，看样子这种黑毛蛇六亲不认，除了蛇祖，什么东西都不会放过。

在两个人的合作下，走廊底下的虫子很快被清理得差不多了，蛇祖把黑毛蛇收进自己的头发里。环视一圈，没有再看到虫子，两个人就爬上了走廊。

闷油瓶已经完美清场，彝刀又回到了他常用的那只手上，火焰已经熄灭。

走廊上除了母虫的尸体和几只被它身上的刚毛挂住的雄虫，其他虫子都消失不见了。而且闷油瓶做得非常干净，地板上没有任何虫子的残肢。大部分的地面已经撒上了虫香玉烧完的灰烬，我们赤着脚也可以放心大胆地踩在刚才虫子爬过的地方。

公子哥抬嘴就想攻击母虫身上的雄虫，被闷油瓶拦住：“小心那只甲虫，不要让它感觉到威胁。”

母虫已经死透了，那只碧绿色的甲虫体积明显变大，它似乎正在吸食母虫体内的汁液。

蛇祖掏出药酒，看了看横梁，就想爬上去，从上方将药酒倒到母虫的尸体上，然后点火。不知道这是什么虫子，最保险的方式，还是一起弄死烧干净。但闷油瓶还是拦住了他。

我其实不能完全感受现场的状态，但是我能明显地意识到，闷油瓶感觉到了什么。

一路过来我其实都没有太过紧张，因为我知道闷油瓶在第一次和我擦肩而过的时候，他活得好得不得了。

但是到现在，我对公子哥和蛇祖有了一种似乎是共振的情感。（黑瞎子说过，这种东西会使人混淆情绪，且这个过程并非逐渐产生，而是堆填式的。我在接触到这种东西的瞬间，所有的信息就已经涌进来了。就是在很短的时间内，我大脑里出现了大量的幻觉。之后的昏迷其实是大脑损伤之后的自我修复。）

这种堆填式的信息里的情感是非常危险的东西，它会让你在最短的时间内对某些人形成情感上的共振，而一般人无法处理那么多同时出现的复杂情绪。

说实话，我不希望在这段幻觉中看到公子哥和蛇祖死亡。但是，闷油瓶的状态让我感觉到，他对眼前的境况没有把握，这让我担心起来。

闷油瓶很少没把握，即使是面对未知的局面——他的经验太丰富了，丰富到了对某种状态的局面他似乎总有预判——他也大概能感觉出事情会往什么情况发展。

我不知道这只虫子到底有什么地方让他觉得没有把握处理，一直到我看到他的手，他的手受了伤。他切破了自己的手掌，而地板上脚印一直延伸到离母虫尸体很近的地方。

他试探过这只甲虫，显然，这只碧绿的甲虫对他的血液没有任何反应。

“这只虫子来自那道门里。”闷油瓶淡淡地说道，“要小心处理，弄不好会引来那些东西。”

第二十五章

飞走

FEI ZOU

门里，什么门里？

最近几年我最听不得这个字，什么拉链门，黄瓜门……我统统都不要听，也不知道这个社会怎么了，凡事都要和门扯上关系，点菜的时候，谁敢点卤水门腔我就把他拖出去打断腿。

闷油瓶说这个字更了不得，如果我能说话，我肯定直接就问：“什么门，青铜门？”

为什么门里有这种虫子，那么屌的门里有虫子是怎么回事，就不能有人好好管管卫生吗？

蛇祖这个缺心眼的此时倒是和我挺投契，低声问道：“什么门？”我简直要在心里喝出彩来。问得好！

“你管不着。”公子哥用极快的速度回答后对闷油瓶说：“小蛇头发里有特别牛的绝招，让他派蛇去试试？”

闷油瓶摇头，说：“找把铡刀。”

“你要干吗？”

“卡在手上，我去抓虫。”

公子哥立即阻止：“族长，什么年代了，不兴这一套了。别冲动，相信我，我来想个办法，安全第一。”

在世界上，一个人给其他人的印象和他本人有关，也和他身边的人有关。我们在闷油瓶身边都像个傻瓜似的，但是公子哥就特牛，特别能演，他把闷油瓶的状态演得好像喜剧片一样。可能是在这个年代行走江湖，闷油瓶可以无视很多准则，公子哥要跟在身边，只能把自己定性为巨型逗哏的角色。

“美国人从后面丛林中的某个地方带回了这些虫子的样本，这些样本原本都装在当地人做的那种瓦罐里。有一部分瓦罐我们在外面看到了，说明外面的虫子是从这里带出去的，也许是美国人想把虫子带到寨子外面。”公子哥道，“这只虫子和其他虫子不同，它盯死了这只母虫，这种甲虫难道也是从林子里带回来的样本？”

蛇祖说道：“你能琢磨快点吗？不然我就上梁了。”

公子哥说：“美国人都能抓住的甲虫，应该没有那么危险。不过，这只甲虫也有可能就寄生在这只母虫体内，这样的话就危险了。咱们现在做个试验，你们在这儿看着，我去找点东西。”

不一会儿公子哥不知道从哪儿找来一根竹竿，竹竿头上插着一只死掉的五彩斑斓虫，应该是从路边设置的陷阱里找到的，脚断了好几只。回到两个人边上，他说：“我们假装有虫子攻击它，看这只甲虫如何反应。”

“它能信吗？后面戳那么大一竿子。”蛇祖道。

“我就不信虫子还能懂这些。”公子哥看了一眼闷油瓶，闷油瓶点了一下头，显然是默许了。

我觉得这种投机的手段有辱张家的尊严，

不过看来闷油瓶其实也不是特别讲究。公子哥一边发出咯咯咯的声音模仿虫子爬动，一边把那虫子往碧绿甲虫那边送。

蛇祖看了公子哥一眼，没说话，显然已经懒得说了。公子哥把那虫子送到了碧绿色甲虫的边上，他深吸了一口气，猛地把竹竿一挺，就做出了要攻击甲虫的姿态。此时，公子哥只要手腕稍微一抖，就可以把那只虫子死死按在碧绿色甲虫身上。

那只甲虫终于有反应了，它一下飞了起来，没有理会这只死虫子，也没有理会我们，而是径直往潭面上飞去，瞬间消失不见了。

三人面面相觑，虽然这好像就是这甲虫应有的表现，但他们还是有些错愕。

第二十六章

收工

SHOU GONG

大概五分钟之后，三个人都意识到这东西真的飞走了，而且看样子不会回来了。

这甲虫被闷油瓶渲染得犹如地狱神虫，如今就这么飞走了，我不知道为什么感觉地球就要毁灭了，不过看闷油瓶的样子，他却是慢慢地放松了下来。我真想直接问他："这样也可以吗？"

原来只要把虫子赶跑就行了，那请问你们刚才紧张什么啊？

"它还会不会回来？"蛇祖问道。

"就算它想回来，它也未必能记得回来的路啊。"公子哥道，"刚才都说了这东西不可能那么聪明。"

"所以，这事情就完了？它不会到处飞去害人吗？"

"那我们还能做什么，把这方圆五百里的虫子全都找出来看看它在不在里面？"公子哥坐倒在地上，揉了揉脖子和手臂，“都结束了，任务完成。”

不要放松，我在内心叫道，欧美的片子里，最好的配角都是在这个瞬间挂掉的，在所有观众以为一切都结束的时候。这无疑增加了人生的荒诞感和幸福感。后来我都形成了惯性了，每次看到这种剧情都很紧张。

三个人原地休息了一下，什么都没有发生。现实生活和电影的区别是，现实生活永远不会如你所料，哪怕是偶尔。

“收拾一下，清点一下数量。”闷油瓶吩咐道。

“我自己弄死的，和我眼睛看到的死的，我全部记了下来，但是之前自己掉进水里的那些我没看到，就不知道了，数量基本上是贴近总数的，就算有漏掉的虫子，它们活着的概率也不大。刚才除了中陷阱的，所有的虫子都应该在这儿了。”

之前看公子哥尝江水，我就知道他有这门

手艺，这种人在心里对所有的事情都了如指掌，而且记忆力惊人。

“还有多久？”闷油瓶问。

“四个小时，时间足够了。”

沿途还有一些陷阱，大殿中的神铁四周也有陷阱，公子哥一路清点，把虫子弄死后丢入水中。那只巨大的母虫，最后也被竹竿推入了水中。

他们一路走过去，在虫子爬过的地方撒上虫香玉的灰，把冷光的水灯摘下抛入水中。几近熄灭的水灯缓缓沉入水底，变成水中的一点鬼火，之后慢慢消失。检查完毕后，整个寨子里一只虫子都看不到了。

晚风吹起，月亮在水面上形成了一个巨大的倒影，月光竟然是刺眼的。如果不是在深山之中，这里的月色又是一道盛景。晚风将地上的玉灰吹走，玉灰有一种荧光，使得整个寨子好像一幅被风吹散的沙画，美不胜收。

三个人来到潭滩边，在闷油瓶的带头下脱

了个精光，开始用潭水清洗全身。

“这水里有那么多虫子，不要紧吗？”蛇祖问。

“放心吧。”公子哥让他走远点，“你的蛇和你还真亲热。脱光了看你有点恶心，背过去背过去。还有，快把身上的茶水洗掉，时间一过这些茶水比那些虫子还毒。”

“这么危险？”

“否则你以为你能活到现在？”

“那你应该提前和我说啊。”

三个人梳洗完毕，把衣服也洗了，回到之前喝茶的地方，再次开始烘干衣服。蛇祖就问这到底是怎么一回事儿。

公子哥将刚才泡茶的水倒入潭中，把茶具也全部丢了下去，然后重新找了茶具泡出了没有血腥味的新茶。“刚才的茶水里有一种有毒尸液，取自某种红色的小虫，毒性非常强，不过如果在尸液里加入某种东西，就能在一定时间内不让尸毒发作，同时克制其他的虫毒。我们可是在为后面的人扫清障碍。”

“什么障碍？”

“你觉得以刚才的局面，如果大部队进来了，有几个人能活下来？”公子哥摸了摸肚子，似乎是有点饿了，“我们一路上兢兢业业地为这批人保驾护航，他们还防备着我们，嘁！”

“你是说，你们提前进来，是为了保护九头烟袋那批人？”蛇祖惊讶道，“为什么？”

“我们一直如此。”公子哥道，“你们这些人都太过自信，觉得自己上过刀山下过火海，似乎运气好得吓人。殊不知，你们的前程就和这寨子一样，已经被我们打扫过一遍啦。哼，他们根本就不知道我们在前面做了多少事情。”

第二十七章

来龙

LAI LONG

蛇祖似懂非懂地点了点头，公子哥做了个庆祝的手势："不说这些憋屈的话了，早前见到的你那条大蛇呢，丢了？"

"这是规矩，不能说给你听。你就当丢了吧。"蛇祖说道，他眼睛看向闷油瓶，后者已经靠在柱子上，开始缓缓地睡去。

"你的官话从哪儿学来的，讲得忒标准，在这一带没人怀疑你吗？"

"小时候家里找人教的，说是以后做官要用。"

"哦，看来你小子身份不一般啊。"

蛇祖笑笑，看四周已经一片漆黑，这里似乎什么都没有发生过。"接下来干什么呢？"

公子哥不知道从哪儿掏出一包类似茴香豆的豆子，给蛇祖倒了一点："毕摩的房间里有美国人的地图，九头烟袋的目的就是那东西，其他都是假的。美国探险队进到林子里，在眉河的第三道湾处建立了一个前哨基地，这几年这个寨子就是他们的补给站。美国人在眉河附近搞地质勘测，做水文记录，这些虫子都是从那边带出来的。整件事情的幕后老板叫作李察啥啥啥的，但是这些虫子出不了这块地方，水的问题，出了寨子，虫子适应不了外面的水，很快都会死去。美国人就说还得把眉河的水也带出去，但是这里的毕摩不让。”

“为什么？”

“这里的人都喝眉河水，河水中有特殊的成分，能解毒、促进伤口愈合，彝族人是不可能把自己的圣水当货物来卖的，这是亵渎神灵的行为。”公子哥压低声音，“当然，还有更深层次的原因。美国人和这个寨子谈了很久都没结果，他们就想了个坏主意——在眉河那边修一条坝，把河水引到另外一个寨子里，那个寨子是这儿的死对头。这里的首领也不敢公开和美国人叫板，就在前哨基地突袭了那边的探险队，双方死了很多人，基地也被烧了。这些尸体就在林子里堆着，好久才被运回来。尸体没有被及时处理，里面的虫子全出来了。一夜之间，这儿的内寨人全都死了。”

“外寨人不明白情况，把外面的美国人弄了进来。美国人清点尸体上的卵壳，写了那份英文报告，确定这里有多少虫子。尸体的事情让他们发现了将这些虫子活着带出去的方法。因为水土的关系，当地人的血和林子里的水成分相似，都可以养活那种虫子。所以美国人把几只虫子养在尸块里，带到了寨子外面。当时有一个毕摩受了重伤，别人都以为他死了，后来他还是从林子里独自爬了回来，他发现了这些情况，杀了那几个老外，但是美国人临死的时候把虫子放了出来。这大概就是事情的简单经过。老美见人都没回来，寨子里的人也都不见了，就通过土司找到九头烟袋。”公子哥说道，“美国是商业国家，什么东西都能赚钱。”

“如果把刚才我们杀的这些虫子卖给美国人，岂不是有很多大洋？”蛇祖皱眉道，“你怎么对这些事情了解得那么清楚呢？”

“因为——”显然不知道自己应不应该把这些也透露出来，所以公子哥看向闷油瓶，后者闭着眼睛点了点头。

“因为我们在美国人发现这里之前，就一直在这里的林子里。”

第二十八章

去脉

QU MAI

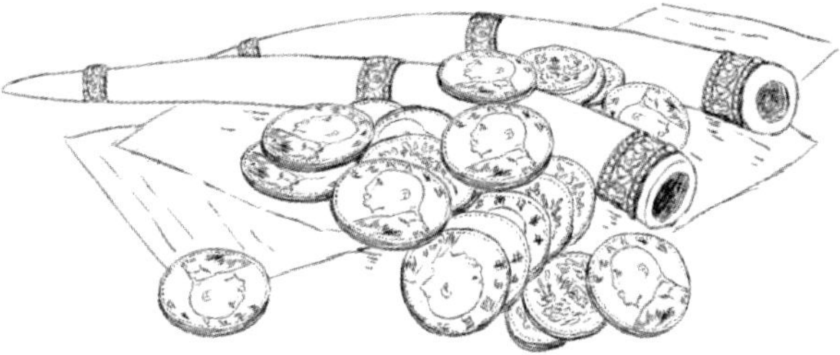

公子哥对蛇祖大概描绘了一下他们在林子里的状态，我脑海中出现的场景是电影《铁血战士》里外星人监视阿诺德·施瓦辛格的场景。全副武装的大小张浑身绑着树枝伪装在高树的树杈上，监视着下面美国探险队的一举一动。

大约是发现美国人在捕捉那种珍稀的毒虫，并且想把虫子带到丛林外面去，他们预判到很可能会出现突发事件，所以放弃手上的工作，跟着到了寨子里，于是看到了一切。

这是他们的这条线，看到的事情清晰而简单。如果我们现在在九头烟袋那一支队伍里，那整件事情还在谜团中，毫无起色。而这里，人已经开始悠闲地喝茶了。

“你们在这里看着事情发生，为什么不在事情发生之前阻止呢？”蛇祖问，“你们有能力做救人的事情啊。”

“因为人都太自大了，这人一自大啊又遭

了难，他们就不相信世界上还有人救得了自己。”公子哥道，“项羽在乌江边自刎，你说是为什么？”

蛇祖陷入了沉思，他想了半天，叹了口气，问道：“项羽是谁？好熟，是你亲戚吗？”

“喝茶喝茶，多喝点，对身体好。”公子哥笑道，“项羽是我爸。”

“你不姓张吗？”

“张项羽，张项羽。我们汉人喜欢直接叫名字，亲热。对吧，祖？”

蛇祖半信半疑：“那你们之后还回林子里去吗？”

“嗯，我们族长已经换掉了毕摩带回来的那张地图。九头烟袋他们进来，拿走地图给美国人，美国人再进去重新找虫子，假地图会把他们引到林子的西边，那边路难走，很快又到雨季，瘴气增多，这路就能把他们拖垮。我们得回林子里去，事还没办完呢。这一折腾又浪费不少时间。”

“这种事情你都直接告诉我，不符合规矩啊，你就不怕我告诉九头烟袋？”蛇祖紧张起来，忽然看了看茶，立即放下了，“你不会想杀我灭口吧？”说完他一下卡住喉咙，想把喝的茶水吐出来。

公子哥叹了口气，也不看着蛇祖，说道：“这茶叶很贵的。你脑子怎么长的？你去和九头烟袋说也行啊，本来他拿到这张地图就可以回去领大洋了，结果你和他说这是假的，你看他信不信你吧。刚和你说那么多，你都没明白啊？”

蛇祖怔怔地看着公子哥，公子哥站了起来，看向水面，天色已经蒙蒙亮了。

“九头烟袋自大是肯定的，纵横江湖那么多年，现在被人用这么高的价钱请出山。你这条小蛇这么自大，觉得自己说什么别人就会信吗？你要是多嘴，杀你灭口的是他。”他点起一支烟，“要么就跟着烟袋回去领赏，要么就跟我们进林子，赚钱哪儿不是赚？咱们配合得这么好。”

蛇祖低头看了看闷油瓶，又看了看外面的水面，晨光缓缓在山的后面形成青色的光晕，他想了很久，说道：“烟袋那边的钱我只拿了订头，你要请我得把烟袋欠我的也算上。”

“这不是问题。”公子哥拿出楔子，那是一些写满字的小签，是夹喇嘛的凭证，家人一半，伙计一半。伙计如果出事，家人可以凭这个领钱。如果遇到铁筷子不讲信用，这竹签可以证明是谁在耍赖。

普通的楔子都是竹子的，但是这些是象牙包金的，值不少钱。每一枚楔子代表一定数量的钱，公子哥拿出十几根放到蛇祖面前，然后让蛇祖在自己的账本上按下了手印。

“你们到底要找什么？还得在林子里找多久？”蛇祖问道。

“不用找了，这番折腾下来，我们已经知道了之前为什么找不到。”公子哥狡狯地笑笑，将账本给闷油瓶看：“族长，我说得没错吧，万事开头难。你看，咱们又多一伙计，我说了，有我在，张家一定会东山再起的。”说完，他又对蛇祖说道：“从今天开始，你就姓张，就叫张小蛇。”

蛇祖在数自己的楔子，听到后愣了一下，就见朝阳升起，整片水面瞬间如同着火了一样。

“他们来了。”蛇祖说。他走到潭水边回廊处，就见一条黑蛇从潭水中浮了上来。接着，凤凰的人头冒了出来，在那里大骂蛇游得太快她跟不上。

蛇祖退了回来，公子哥和闷油瓶已经背上了自己的东西。“走了！”公子哥说了一声，三个人往寨子的深处隐去。

第二十九章

尾声

WEI SHENG

张小蛇三人坐在树上，这里树木参天，雾霭就横亘在他们所在树杈的下方，使得他们似乎身处南天门，坐在云端之上。公子哥和闷油瓶不知道在树的哪根枝丫上，云雾中出去三四米便看不分明。

张小蛇身上的蛇全都盘绕在他四周，在他身上吸收了一天的热量，这些蛇都有些躁动。张小蛇把今天猎来的一些虫子裹上肉干，喂这些毒蛇。养蛇好就好在这些东西一周只要喂一次就够了。

喂完之后，蛇纷纷散去，如果想要吃得更饱，那它们得自己努力了。公子哥和闷油瓶从他入伙后，就开始天天喝蛇药酒，如今已经不会被蛇误咬了。

进了林子不到一周，他已经知道他们是在往眉河方向走。要立水坝的美国人被彝族老乡杀了个精光，现在想来，公子哥没说的事情，应该就是眉河水下有什么东西吧。

张小蛇拿出一面铜镜，打着火折子照自己的眉毛，能看到一条极小的黑蛇就在他的眉毛皮下，尾部和血管相连。他叹了口气，吹灭折子，裹了裹衣服，在潮气中慢慢睡去。四周的蛇缓缓地在树丫上盘绕起来。

等到太阳把雾气驱散，我转头去看闷油瓶在哪里，却看到了夕阳从窗户中照进来。

结束了，我愣了片刻才意识到。

我回到了小变电站里。

慢慢地，我的手脚开始复苏，接着鼻腔里有剧烈疼痛袭来。血好像变成了糨糊堵在我的喉咙口，满喉咙的血腥味。

每次回来的瞬间，我内心总有一丝非常难过的情绪，会让我沉默片刻。

幻境还是不要太过美好，因为它终究会消逝，你以为你获得了，抓住了，其实什么都没有，这种回忆和我真实的回忆，并没有什么差别。人本身就不能真正拥有什么。

我已熟悉这种感觉，整个人蜷缩了起来后，闭上眼睛等待接下来的巨大痛苦。

脑子放空白，放空白。

我不想形容这种感觉，我只是开始吼叫，把疼痛从身体和脑袋中吼出去。

晚上六点左右，我第一次站了起来，喝了几口雪碧。糖分开始缓解我身体的疼痛，我是那么需要糖分以至于雪碧喝下去我竟然有了极度愉悦的感觉。我一连喝了两小瓶，缓缓清醒过来。

我拿出录音笔，录下了两个名字：张小蛇，小张哥。

你们后来怎么样了，这是个线索，我会查到你们的。

只是过了一天而已，不要停顿，我告诉自己，并强迫自己站起来，用准备好的湿毛巾擦掉我满脖子满脸的血。收拾了一下东西，我缓缓走出这个山丘上的小房子。

眺望了一下杭州，西湖对岸的城市灯光和

堤上的射灯仍旧如此亮，湖面已经看不清了。

不能停下来感慨，我再次告诉自己。

山路漆黑一片，我戴上耳机，听着舒缓的音乐，缓缓往山下走去。

“哥们儿你大胆地往前走啊……”草丛里有喝醉酒的登山客在高歌，唱得比鬼还难听。

“走着呢。”我看了看天上的繁星，吸了一口湖风。

幻境小剧场

传统意义上，所谓动物里的王者都被认为是巨大的、有威严的，但是在某一段生物进化时期，大小和社会地位的关系是相反的。

在佤邦蛇寨，驭蛇不是单纯地想办法把蛇射出去。很多时候，特定的某种毒蛇要被驯服，需要很大的牺牲。

根据佤邦的传说，毛蛇从西域而来，往往在泥潭中偶然被发现。这些蛇长眠了相当长的时间，已经不适应现在的气候条件，按道理，它们苏醒之后会很快死亡。然而，假设它们活过了第一周，那它们就会迅速适应环境，很快就会对于它们存在的这片雨林造成巨大的破坏。

毛蛇能吃掉它们能吃掉的任何东西，并且繁殖迅速。对它们生存有威胁的大型动物，往往会被毒死成为它们孵化幼蛇的温床。

这种蛇生存方式之邪恶，简直把大自然生

存的黑暗美学发挥到了淋漓尽致的地步。和可爱干净的宠物不同，这种动物生存的区域里，不允许任何其他动物存在。

然而佤邦蛇寨里的人必须得到这种蛇的力量，千百年来，他们作为巫医阶层，必须向所有人证明他们的祖先教授了他们可以对抗所有毒蛇的知识和能力。

最后，确实有人做到了，通过在眉毛中植入雄蛇中的王种，他们找到了控制这种毒蛇的方法。

当然要找到足够小的王种非常困难。在佤邦生活的热带雨林沼泽中，有一种鱼，它们有退化的肺，可以在泥沼中休眠。因为毛蛇很多时候也在沼泽中休眠，所以它们经常会抢占这种鱼的洞穴甚至寄生在鱼的体内，产卵孵化。捕捉这种鱼是得到蛇卵最安全的方式。

一条王种在眉下可以两到三年不生长，这段时间成为驭蛇的最佳时期。成年之后的毛蛇几乎是世界上最可怕的蛇类。为了自我保护，驭蛇人要在毛蛇身上附上铁鳞片才能进行指令训练。

现在毛蛇已十分罕见，这种肺鱼也几乎灭绝，驭蛇技艺早已失传。

我没有查到其他关于张小蛇的后续消息，在那个没有档案、没几年就有文化清洗的时代，一个耍蛇人就如同隐形人一样，似乎从来没有存在过。蛇寨早就在金三角各种火并中完全消失了，如今剩下的只有一个一个形容枯槁的老人，而他们的记忆里只有战争和无休止的混乱。

幻境

盗墓笔记

图书在版编目（CIP）数据

幻境 / 南派三叔著 . — 北京 : 北京联合出版公司 , 2025. 6. —（盗墓笔记文库本）. — ISBN 978-7-5596-8354-0

Ⅰ . I247.7

中国国家版本馆 CIP 数据核字第 2025B3L384 号

盗墓笔记文库本 . 幻境

作者：南派三叔

出品人：赵红仕

责任编辑：高霁月

北京联合出版公司出版

（北京市西城区德外大街 83 号楼 9 层 100088）

三河市中晟雅豪印务有限公司印刷　新华书店经销

字数 236 千字　880 毫米 ×1230 毫米　1/64　印张 9.6875

2025 年 6 月第 1 版　2025 年 6 月第 1 次印刷

ISBN 978-7-5596-8354-0

定价：118.00 元（全 3 册）
